Hundert Kilometer – Hundert Gedanken

Man vermaß ihn in Metern, wir vermessen ihn in Emotionen – den großen Lauf

von Biel

Ein etwas anderer Sportbericht

Von Marco Heinz

Herstellung: Libri Books on Demand
ISBN: 3 – 8311 – 0373 - 9

Was uns widerfährt auf den Wegen unseres Lebens ist zumeist nicht schön. Wir erleben Kummer, Öde und Schmerz. Ein Blatt Papier zu füllen über all seine Enttäuschungen, Mißgeschicke und Verluste vermag jeder sehr leicht, der es nur will. Wie er sich ausdrücken würde dabei, das wäre von Verschiedenheit, je nach augenblicklicher Stimmung, nach persönlichem Temperament und nach sprachlichem Können des Autors. Es würde schwanken von trauriger Poesie bis hin zur Fäkalsprache.

Jener, der hier vorliegende Zeilen zu Papier brachte, ist der Meinung, es lohne weniger, über Lebensmüll zu schreiben. Dies ist sein persönliches Denken. Manch anderer konnte sich schon schreibend allen Unrat auf seiner Seele erleichtern.

Vom Werten, vom Lohnenden des Lebens mag ich viel lieber erzählen. Jenes liegt in der Summe von Einzelheiten, wohnt fast immer im kurzen oder langen Augenblick. Es ist von Wichtigkeit, solche Augenblicke festzuhalten. Sollte dir nämlich ihre Erinnerung entgleiten, kannst du leicht ungerecht werden zu deinem Leben, weil dessen Schwernisse dann alleine stehen in deinen Gedanken.

Über einen langen Augenblick (eine Nacht und einen beginnenden Tag) währte meine Teilnahme am 100 Kilometerlauf von Biel. Zum Teil meines Lebens ist sie geworden, mit dem ich zufrieden bin. Sie ist ein kleines Stückchen Glück. Um die Erinnerung daran vor dem Entgleiten zu bewahren, entstand dieser Text. Dabei setzte ich mir ein kleines Ziel, das leichter zu erreichen sein würde als das Ziel des Laufes von Biel. Über mein Erleben im Zusammenhang mit diesem Ereignis möchte ich so viele Gedanken festhalten, wie der Lauf Kilometer hat. Ich hoffe, es lohnt ein wenig, mit mir zu sein und meinen Gedanken zu folgen.

1.Gedanke: Abenteuer
Jawohl, ich bin auf der Suche nach Abenteuern, sehne mich noch heute nach ihnen wie einstmals zur seeligen Zeit der Karl May Bücher. Doch fand ich seither auch einige wahre Abenteuer auf meinem Lebensweg.

Glaubst du es nicht? Hälst du mich gar für lächerlich, du Vertreter einer nüchternen Zeit? Oder bekennst du dich im Stillen dazu, diese Sehnsucht auch zu fühlen? Erhoffst du heimlich gar einen Rat von einem, der sucht wie du? Dann höre mir zu!

Weshalb warst du noch nie im Juni in Biel im schweizer Kanton Bern? Der 100 Kilometerlauf dort ist das Abenteuer einer „Nacht der Nächte", das Abenteuer eines anbrechenden Tages, ein Abenteuer vielleicht an der Grenze deiner körperlichen Möglichkeiten und ein Abenteuer ganz sicher in bislang unentdeckten Winkeln deiner Seele.

Da gibt´s etwas zu versäumen, das dich sehr erfüllen könnte. Es sei dir gesagt, ich wollte es nicht versäumen!

2. Gedanke: Traum

So viele Jahre sind vergangen, seit ich Karl May und nichts als das Werk Karl Mays liebte. So viele traurige Wahrheiten – auch über ihn – habe ich seither entdeckt. Man nennt solche Funde Entwicklung – oder Erwachsenwerden. Sei zufrieden! Auch ich habe das durchgemacht. Trotzdem bin ich an einer Stelle meines Herzens noch immer ein Kind. An dieser Stelle wohnt auch heute Karl May. Und er ist mein Freund. Da kannst du mich ruhig auslachen. Heute weiß ich viel besser als dereinst, was mein Herz so erwärmte an seinen Büchern. Es muß gar schon vor deren Lektüre in mir angelegt gewesen sein. Die Sehnsucht ist es nach Wanderung, nach Unterwegssein von A nach B. Karl Mays Helden sind immer auf Wanderung. Keiner seiner gängigen Romane spielt an einem fixen Ort. Niemals – da sei Gott gelobt – konnte er in mir die Sehnsucht erwecken mit Schießeisen zu kämpfen. Aber unterwegs zu sein, kaum einmal an einem fixen Ort zu verweilen, das wurde mein Traum. Der Wanderer in mir wurde so auf den Weg gebracht.

Ein leidenschaftlicher Wanderer war auch Hermann Hesse. Und er konnte darüber schreiben wie keiner. Als Lektüre hat mir sein Werk jenes Karl Mays heute meistenteils ersetzt. Sein Buch, das mir über allen steht, heißt „Narziß und Goldmund". Darin läßt er den mönchischen Narziß zum lebenszugewandten, sinnesreichen Goldmund sagen: „... Eure Heimat ist die Erde, unsere die Idee. Eure Gefahr ist das Ertrinken in der Sinnenwelt, unsere das Ersticken im luftleeren Raum. Du bist Künstler, ich bin Denker. Du schläfst an der Brust der Mutter, ich wache in der Wüste. Mir scheinet die Sonne, dir scheinen Mond und Sterne, deine Träume sind von Mädchen, meine von Knaben ..."

Auch meine Heimat ist die Erde. Immer schon wollte ich lieber ein Goldmund sein als ein Narziß, viel mehr ein Träumer als ein Denker. Allerdings sind bis zum heutigen Tag ungefähr 70 Jahre vergangen, seit dem ihre Geschichte zu Papier gebracht wurde. Inzwischen schwirren andere, damals noch nicht zu denkende Gedanken durch die Herzen der Menschen. Wir Menschen sind verschieden und zahlreich genug, damit auch ein Hesse bei weitem nicht all unsere Träume erfassen kann. Auch du, du, mit dem ich jetzt rede, hast noch Träume, die von anderem handeln, als nur von schnödem äußeren Besitz. Gestehe sie dir ein! Deine Zeit bis zum Alter ist kurz.

In mir also lebt ein Traum vom Unterwegssein von A nach B. Schon früh, noch in der Karl May Zeit, wurde Sport zur Methode ihn auszuleben. Ausdauersport bot sich an, denn er schenkte mir alsbald im Unterwegssein innere und äußere Abenteuer, die weder ein May noch ein Hesse schon kannte. Laufen, muß gesagt sein, war mir immer schon eine sinnreich, sinnliche Auseinandersetzung mit meiner Heimat, der Erde, diesem unerfasslichen Werk des Schöpfers. Als kleiner, demütiger Fußgänger lernte ich sie zu respektieren.

Ein Laufereignis gibt es – ich will die schon einundvierzigste seiner Auflagen erleben – das längst zur Legende geworden ist, die 100 Kilometer von Biel. Sie fanden sehr leichten Eingang in meine Träume.

3. Gedanke: Ein fernes Ziel
„Der Weg ist das Ziel." An diesen Satz glaubte ich sehr lange, und eigentlich glaube ich daran auch heute noch. Aber ein Weg braucht auch ein Ziel, um nicht unter den Füßen zu verschwinden. Ist dies ein Widerspruch auf jenen Satz? Ich weiß es nicht. Beantworte dir die Frage selbst!
Sehr wohl habe ich schon versucht, namentlich auf Rad- oder Fußwanderungen, Wege zu gehen, die so ganz ohne Ziel sind. Doch sinnloses, freies Schweifen gelang zwar Hermann Hesse, der so wunderbar davon erzählt, mir glückte es nie. Solche Wege versandeten mir im Nichts. Stets viel zu schnell war ich von diesen Wanderungen wieder zuhause, ohne jemals so ganz mit ihnen zufrieden zu sein. Wege, die mir Zufriedenheit verschaffen, hatten (oder haben noch) ein fernes Ziel. So begann ich eine Fahrradreise an der Mündung des Rheines und gelangte ans ferne Ziel, an die Quelle des Flusses. Von der Insel Rügen radelte ich letztes Jahr in südliche Richtung, und das glückliche Ziel, das mir von da an tagelang wie eine Vision vor Augen stand, war mit Hallstatt im Salzkammergut erreicht. Die Linie meiner Fußwanderungen führt zur Grenze Frankreichs. Fernes Ziel wird sein, sie einst zur Grenze Polens auszudehnen. Überhaupt ist es mir eine Vision, all meine Wanderungen per Rad oder per Fuß zu einem Netz auf der Landkarte ohne loses Teil zu vereinigen. Diese Wege mit fernem Ziel, das Erreichthaben oder Nochnichterreichthaben der Ziele sind es, die mich stark machen.
Stark in deinen Sinnen wirst du sein müssen auf den 100 Kilometern von Biel. Dort ist das ferne Ziel das schlichte Erlaufen des hundertsten Kilometers. Die Zahl 100 ist eine schnöde, nüchterne, eine der willkürlichen, mit denen Menschen einst ihre Welt zu vermessen beschlossen. In Biel aber sind 100 Kilometer sehr emotional belegt. Ich konnte Geschichten lesen über diesen Lauf, und die Emotionen darin drangen auch in den mündlichen Erzählungen anderer Läufer immer wieder durch.
Du meinst nun, ein Ziel sei einfach erreicht durch die Tätigkeit des Laufens, weil die uns in die Wiege gelegt ist, überliefert im Erbgut seit unzähligen Generationen? Da ahnst du nicht, wie es ist, nach wenigen Metern wie durch tausend Wände zu laufen, weil du einen miesen Tag hast. Jeder Läufer kennt diese Tage. Besonders häufig kommen sie vor, wenn du, gleich mir in diesem Winter, mit Verletzung und Krankheit zu kämpfen hattest. Schwer ist es, die Narben zu vergessen, die sie deinem Denken, deinem Glauben schlagen. Laufen ist zudem etwas Umständliches, weil es nicht die Beine alleine tun können, in denen es als vieltausendjährige Botschaft gespeichert ist. Den Kopf müssen sie mittragen, jenes komplizierte, vielleicht schon überzüchtete Gebilde, das aus dem geradesten Weg ein Labyrinth machen kann. Dein Urteil, sich Träume

durch Laufen nach fernen Zielen zu erfüllen, sei ein leichtes Spiel, hast du dir zu schnell gebildet.

Außerdem: Ein Ziel in 100 Kilometer Entfernung muß immer gewaltige Härten haben.

4. Gedanke: Warum?

Man kann sicher sein, die Frage nach dem „warum?" wird zur häufigst gestellten vor und nach einem 100 Kilometerlauf. Eigentlich sollte man stets die Antwort verweigern, denn zugleich ist es die dämlichste aller Fragen. Das ganze Leben könntest du sonst mir „warum?" hinterfragen. Was bliebe dann davon übrig? Nichts.

Und doch konnte ich es wieder nicht unterlassen, während der ersten drei meiner Gedanken mit den „warum?" fragenden Zweiflern Zwiesprache zu halten. Das soll jetzt aufhören. Von nun an wünsche ich mir von meinen Lesern ein wenig der Teilnahme, wie ich sie für die Figuren Mays oder Hesses aufbringe. Fragt nicht mehr so nüchtern „warum?". Das Leben muß nicht nüchtern sein, es kann zur Kunst werden. Und mein Laufen soll ebenfalls eine Kunst sein. Als Künstler wie Goldmund will ich mich schließlich fühlen, nicht als Denker wie Narziß. Eines aber kann man den Zweiflern noch hinterherschmeißen. Ein kurzer Satz ist es nur, der schon geprägt wurde in dem Jahrzehnt, da auch „Narziß und Goldmund" entstand. Es hat ihn einer ausgesprochen, dem gegenüber schon eher Grund bestand, nach dem „warum?" zu fragen, weil es da um Lebensgefahr ging (beim 100 Kilometerlauf, vorausgesetzt der Läufer betrügt sich nicht selbst mit Schmerz- oder Aufputschmitteln, ist dies kaum der Fall.) Der englische Bergsteiger George Leigh Mallory – man fand seine Leiche erst jüngst am Mount Everest – wurde dereinst gefragt, warum er so viel gebe, diesen Berg zu besteigen. Er sagte: „Weil er da ist." Besser wird nie mehr einer antworten.

5. Gedanke: Glaube

100 Kilometer laufen? Am Stück? Ich? Vor nicht allzulanger Zeit hätte ich jeden ausgelacht, der mir das vorausgesagt hätte. Schon nach meinem ersten Marathon schwor ich, so einen schmerzhaften Scheiß nie mehr zu machen. Der Vorsatz hielt eine knappe halbe Stunde, dann wollt ich's doch wieder tun.

Nachdem ich später einige Marathons hinter mich gebracht hatte und auch schon fünfzig Kilometer im Mittelgebirge, da spürte ich, dort ist noch nicht die Grenze. Nein, ein Marathon ist lange nicht das Rennen deines Lebens, nach dem du für immer ausruhen darfst.

Teilnehmer bei Marathons und Volksläufen sprachen zu mir über die Legende von Biel. Von manchen darunter war mir durchaus bewußt, sie kochen mit dem gleichen läuferischen Wasser wie ich. Nun wollte auch ich nach Biel. Dort würde es möglich sein, mir einen Traum zu erfüllen. Ich wurde eins mit diesem Ziel. Ich glaubte daran, es erreichen zu können.

6. Gedanke: Bahnhöfe

Wahrhaftig vieles tue ich, um meine Träume zu erfüllen. Aber ich schöpfe dabei nicht alle technischen Hilfsmittel aus, die meine Zeit zu Verfügung stellt, denn ich weiß, ich bin nur flüchtiger Gast auf dieser Erde und trage gegenüber ihrem Schöpfer größte Verantwortung für ihren Fortbestand. Verspürst du Demut gegenüber der Schöpfung (beim Laufen ist sie zu lernen), so ist ein Horizont durchaus weit genug für deine Träume, der ohne Auto und Flugzeug zu erreichen ist. Also: Die Anfahrt in die Schweiz tätige ich selbstverständlich mit dem Zug. Eine Heimkehr mit dem Fahrrad wäre das Krönchen auf dem Abenteuer.

Drei Bahnhöfe sind von Bedeutung auf meinem Weg: Stuttgart als Beginn der Reise, Zürich als dreistöckiger Umsteigebahnhof und Neuchatel als Endbahnhof. Im Zug stelle ich erschrocken fest, daß ich die innere Ruhe noch nicht finden kann, die nötig sein wird, sich auf das große Ziel einzulassen. Dreizehn Tage hatte ich zuvor nicht mehr frei, und da waren viel zu viel Streß und Belastung. Altenpfleger zu sein ist manchmal nicht leicht, doch vom Altenheim wollte ich hier nicht reden. Zum Glück habe ich jetzt Urlaub. Es sind noch Tage Zeit, zur inneren Einkehr zu finden.

7. Gedanke: La Tene

Auch die Leidenschaft im Zelt zu schlafen auf Reisen hat schon Karl May in mir geweckt. Jetzt steht mein Zelt für drei Tage in La Tene am Ausfluß der Zihl, die den Lac Neuchatel mit dem Bieler See verbindet. Die Zihl bringt das Wasser nach Biel und dort ist mein Ziel.

In La Tene gelingt es mir, die nötige innere Ruhe zu finden. In gewissen Momenten fällt es sogar sehr leicht, namentlich dann, wenn die abendliche Sonne den Lac Neuchatel mit so angenehm warmen Schein überzieht. Da gehen drüben in Neuchatel vor den schwarzgewordenen Höhen des Juras schon vereinzelt Lichter an, die tanzen wollen auf den Wellen des Sees. Durch die bunte Stadt dort bin ich geschlendert, die mir fremdartig ist, weil man hier französisch spricht. Allein schon diese Fremdartigkeit hat mir gut getan. Manchmal spürst du, wie banal die Aufregungen des Alltags eigentlich sind, hast du sie nur weit hinter dir gelassen. Der Eingang zu meinen Träumen bietet hier keinen Widerstand mehr.

Mangelnde Sprachkenntnis aber hatte Schuld, daß ich nicht viel mehr erfuhr über die einstige Keltensiedlung von La Tene. Sicher ist, daß die Funde, als man sie ausgrub, so bedeutend waren, damit ein ganzes Zeitalter den Namen La Tene trägt (ca. 450 vor Chr. bis Christi Geburt). Das Geheimnis dieser Funde wurde dennoch nie ganz gelöst. Man vermutet einen Opferplatz oder eine Zollstelle dort entdeckt zu haben. Das La Tene Zeitalter war jenes, als die Kelten in verrücktgewordenen Massen über die Alpen gen Süden strömten. An den Seen der Westschweiz und der Rhone entlang war ein leichter Weg zum Mittelmeer. Das wird der Grund sein für die einstige Bedeutung La Tenes. Alleine schon der Gedanke daran reicht aus, Berturo und Melprona in meine Sinne kommen zu lassen. In meiner Phantasie, die hier, außerhalb des Alltags, kindliche Schönheit gewinnt, werden sie von nun an wohnen. Vielleicht kann ich ihre Geschichte entwickeln auf den 100 Kilometern von Biel. Karl May ließ seine Gedanken vom Schreibtisch aus schweifen. Warum soll ich es nicht beim Laufen durch eine lange Nacht tun? Mein Laufen soll Kunst sein.

8. Gedanke: Der letzte Weg nach Biel
Ein wenig schnell für mein Empfinden ist das südländisch wirkende Ambiente der Gegend um Neuchatel hinter mir zurückgeblieben, obschon ich mich sehr langsam vorwärtsbewege. Die großenteils charmanten Häuser zwischen Weinreben, Schienenstrang, Straße und Bieler See zeigen mir nun ein eher nordländisches Anlitz. Manch eines der Häuser, so denke ich, könnte glatt am Neckar stehen.
Meine Tage in La Tene sind vorbei. Ich wandere mit dem Fahrrad. Weil alle meine Wege aus eigener Kraft einst ein Netz ergeben sollen, das auch La Tene und Neuchatel beinhaltet, bin ich zwischen dort und Biel in keinen Zug gestiegen. Doch mein Rad rollt nur so schnell, damit ich es im Gleichgewicht halten kann. Selbst der Weinbergbauer ist schneller auf seinem alten Dreigangstahlesel, den er nur mit der rechten Hand steuert, derweil die linke eine Schädlingsbekämpfungsspritze hält. Der leidenschaftliche Radsportler in mir beginnt zu knurren, als er das sieht. Doch ich zähme ihn. Ab Morgen werde ich um das große Ziel kämpfen. Alle, alle meine Kräfte sind zu sparen dafür.

9. Gedanke: Ankunft in Biel
Diese Wanderung hat mich nun nach Biel geführt, Biel – Ort meiner Sehnsucht seit einem Dreivierteljahr. Seit ich beschloß, da hinzugehen, verging kein Tag mehr, an dem meine Gedanken nicht ein Mal zumindest in Biel verweilten. Wie würde es dort sein? Würde ich wirklich bei diesem Lauf bestehen können? Über diese Zeit hatte ich gekränkelt und gezweifelt, hatte aber auch, vorallem zuletzt, gute Trainingstage, die mich sehr hoffen lassen. Jetzt ist die Wahrheit nahe. Biel ist in diesen Tagen sprichwörtliches Mekka europäischer Ultralangstreckenläufer.
Doch mein Hiersein ist keine windige Phantasie, wie sie einst Karl May alias Kara Ben Nemsi vor den Toren Mekkas stehen ließ. Das hier ist kein Traum. Um mir mein Wachsein zu beweißen, könnte ich in dieses Ortsschild mit der Aufschrift Biel/Bienne beißen, was mir ganz wahrhaftige Zahnschmerzen bereiten würde. Doch das ist nicht nötig. Schmerzen, die Wirklichkeiten beweißen, werden uns noch genug bereitet sein auf den 100 Kilometern Lauf. Sie führen von Biel zurück nach Biel. Mein Unterwegssein von A nach B wird zum Weg von A nach A. Und doch wird dieses Ziel, so ich es denn erreiche, etwas anderes sein als der Start, weil ein veränderter Mensch, der es anders sieht dahin zurückkommt. Der Kreis ist der scheinbar sinnloseste aller Wege. Unsere Gefühle aber werden ihm Sinn einhauchen, am wenigsten wird das noch der Schmerz tun, viel wichtiger: unsere Abenteuerlust, unsere Träume.

10. Gedanke: Im Hotel

Es ist gut, hier zu zweit zu sein. Matthias ist gekommen, heute mit dem Auto aus aus Deutschland, woran man schon sieht, daß wir grundverschiedene Menschen sind. Das hindert uns nicht gute Freunde zu sein. Und wir haben etwas gemeinsam – einen Traum vom Abenteuer, ein fernes Ziel. Deshalb haben wir uns hier in Biel getroffen.

Mitten in der 60000 Einwohnerstadt, die Stadt der Uhren ist, wohnen wir nun, Der Blick aus dem Zimmerfenster hinunter in die belebte Einkaufspassage ist nicht langweilig, und auch, was an Geräuschen hinaufdringt zu uns, klingt nach Leben. Es ist geschäftig und freudig zugleich. Wir werden aber sehr oft Fenster und Gardinen noch schließen müssen. Körperliche Ruhe ist unser oberstes Gebot bis zum Start. Hoffentlich werde ich auch in mir die Ruhe noch bewahren können, wie ich sie fand drunten in La Tene und Neuchatel.

11. Gedanke: Das Eisstadion

Stand ich heute Vormittag vor Biel wie dereinst Kara Ben Nemsi vor den Toren Mekkas, so gehe ich jetzt durch die Bieler Eishalle, wie er dort um die Kaaba strich. Hier ist der Kernpunkt meiner Pilgerfahrt, denn auf den Straßen vor der Halle beginnen und enden (hoffentlich) die berühmten 100 Kilometer.

Der Vergleich Biel – Mekka sollte gestrichen werden. Mir ist schon klar, daß er inzwischen ganz stark hinkt. Schon von Anfang kam er auf ungesunden Beinen daher. Ich bitte, ihn trotzdem für dies eine Mal noch zu verzeihen. Jetzt will ich aufhören damit.

Ein in Mekka entdeckter Christ würde auf der Stelle bei lebendigem Leibe zerissen werden. Niemals könnte er noch behende fliehen wie Kara Ben Nemsi in Karl Mays Phantasie. Und Toleranz könnte er nicht erwarten, nicht an diesem Ort. Zum Kuckuck, jetzt spinne ich den Vergleichsfaden doch weiter. Ich bitte nochmals um Verzeihung darum.

Sportstätten wie dies Eisstadion sollten dem Ideal zufolge ein Ort der Toleranz sein. Tatsächlich vermochte Sport schon einen Teil zum Verständnis zwischen Völkern und Rassen beitragen. Toleranz zwischen verschiedenen Sportarten sollte vorausgesetzt sein. Die Athmosphäre bei Eishockeyspielen ist tolerant in dem Sinne, daß man nie Polizei zwischen gegnerische Fanblocks stellen muß wie beim Fußball. Man akzeptiert sich gegenseitig. Obwohl sich diese Athmosphäre sehr von der Weitschweifigkeit meines eigenen Sports unterscheidet, respektiere ich sie nicht nur. Als vor Jahren der Eishockeyclub in meiner Stadt recht groß war, bin ich gerne in ihr versunken. Zwischen den engen Tribünen des Eisstadions von Biel, die leer ein bißchen unheimlich wirken, erzähle ich dem Läufer Matthias ein Weniges davon, während wir um die Startunterlagen anstehen.

Um uns herum ist dichtes Gedränge. Wir schwitzen, als seien wir schon unterwegs beim großen Lauf. So viele Menschen sind da, die unseren Traum davon teilen. Solange du im Training alleine durch den Wald rennst, kannst du dir das kaum vorstellen.

12. Gedanke: Das Ziel

Am Vorabend des Starts sehe ich zum ersten Mal das leibhaftige Ziel. In unseren Gedanken hat es schon gelebt, belegt mit großen Gefühlen wie Traum und Abenteuer. Hier ist es ein nüchternes Stahlgestell, gekrönt von der Aufschrift in Bieler Zweisprachigkeit: Ziel/Arrivee. Die Namen der Sponsoren prangen natürlich ebenfalls darauf, und ihre Schilder schmücken die Bahn der Absperrgitter rechts und links der Straße. Diese Straße läuft wie ein Trichter zwischendurch, unvermeidbarer Fluchtpunkt dieser Optik ist der Zielstrich. Unendlich leicht fällt es mir, dieses kalte Gemisch aus Stahl, Plastik und Asphalt mit Emotionen zu beladen. Es ist die Verkörperung meines fernen Ziels. Kein Guttun wird's mehr geben in meinen Sinnen, bis ich da hindurchgelaufen bin.

13. Gedanke: Die Taubenlochschlucht

Am nächsten Morgen machen wir unseren letzten Spaziergang vor dem großen Lauf. Die Taubenlochschlucht bietet sich an dafür. Beginnend noch fast in der Stadt ist sie schon ein aufregendes Rendezvous mit der wildschönen, kahlen Felsenwelt des Schweizer Jura. Der tiefe Riss im Gebirge ist durchspült mit rauschendem Wasser und gefüllt mit kühlfeuchter Luft. Obschon überspannt von einigen Zug- und Straßenbrücken bietet die Schlucht eine hohe Dosis an Romantik. Wäre ich in Stimmung dazu, könnte ich Kara Ben Nemsi da oben hinweg schweben sehen auf Rih, dem unvergleichlichen Rappen, der tatsächlich im Sprung die Tiefe überbrückt. Danach käme der Schut, der Böse, ebenfalls auf einem Rapphengst, der den anderen Rand der Schlucht nicht erreicht. Direkt vor uns würde er am Talgrund aufschlagen. Die blutige Sauerei aber, die daraus entstehen würde, sieht mein geistiges Auge nicht. Überhaupt habe ich für Phantasien aller Art schon nicht mehr den rechten Sinn. Ich bin nervös, nur noch nervös. Derartige Aufgeregtheit bei Sportlern kann sich nach außen hin auf zweierlei Art äußern: Entweder sind sie bösartig, ungenießbar, oder sie flüchten sich in hemmungslose Blödeleien. Wir haben letztere Variante gewählt. In all dem, was wir miteinander reden in der Schlucht, ist unter Garantie kein vernünftiges Wort mehr enthalten.

14. Gedanke: Ruhe

Wir sind zurückgekehrt ins Hotel. Noch zwölf Stunden bis zum Start. Wir verkriechen uns in die Betten. Manchmal dösen wir auch ein bißchen weg. Aber so richtig vorschlafen für die lange „Nacht der Nächte" kann man nicht. Ich bin unruhiger als Matthias. Rein ins Bett, raus aus dem Bett, wieder im Zimmer herumgetigert, er hat seinen Spaß daran, mich so zu sehen. Hoffentlich werde ich die verlorene Ruhe nicht zu bereuen haben auf dem langen Weg, der vor mir liegt.

15. Gedanke: Der Lärm des großen Ereignisses

Aus einem Lautsprecher unter unserem Fenster dringt blecherne, überlaute Musik, die hin und wieder von Ansagen unterbrochen wird. Das lockt mich wieder einmal aus meinem Bett. Aus dem Fenster sehe ich die Inlineskater unter mir vorbeigleiten. Ein Rennen auf Rädern gehört heute zu fast jeder großen Laufveranstaltung mit dazu. Auf den schlittschuhähnlichen Inline- Skates haben auch Eishockeycracks des EHC Biel die Möglichkeit genutzt, an unserem weitschweifigen Erlebnis teilzunehmen. Ich klatsche ein wenig Beifall, was Toleranz für andere Sportler bedeuten soll. Jetzt sollte der Gedankenstrang ans Eishockey aber genauso verschwinden, wie der an Kara Ben Nemsi und Mekka. „Aber warum?" denke ich mir. Da draußen auf der langen Strecke, so haben alle versichert, müssen deine Gedanken nach außen schweifen gehen, weil in dir nur noch unerträglicher Schmerz ist. Warum sollten sie mich dabei nicht einmal zurückführen in die Athmosphäre eines Eisstadions?

Der Lärm da unten ist jedenfalls der meines großen Ereignisses, und somit ist er auch Symbol meines Traumes. In absehbarer Zeit wird das Geräusch der Rollen vom „trapp- trapp- trapp" unseres Laufschrittes ersetzt sein. Gleich auf den ersten der 100 Kilometer von Biel werden wir hier vorbeikommen. Bald schon müssen wir mit dem Bus herausfahren zum Start. Die Ruhe in mir ist nun vollkommen beim Teufel.

16. Gedanke: Die „Nacht der Nächte"

„Herzlich willkommen zur Nacht der Nächte," so begrüßt der Lautsprecher vor dem Bieler Eisstadion die über 2000 Läufer an diesem lauen Frühsommerabend. In meiner Spannung, die alle Sinne aufs Äußerste geweckt hat, macht mir allein dieser Satz eine kleine Gänsehaut. Dabei klingt dieses Motto des Bieler 100 Kilometerlaufes doch wie ein aalglatter Werbespruch. Gerade deshalb aber geht er so leicht in unsere Sinne über wie Traubenzucker ins Blut. In den Gedanken der Läufer ist heute zweifellos die „Nacht der Nächte", Größeres mag's für uns kaum mehr geben. Wir wollen sie durchstehen, auftauchen im Grauen ihres Morgens und nichts getan haben als laufen, laufen, laufen. Und wir wollen es noch weiter tun durch Berge von Schmerz und Zweifel bis ins Ziel. Laufen wird auch da noch lohnen, denn nichts ist natürlicher auf der Welt. Und mein Laufen soll Kunst sein.

17. Gedanke: Der Startschuß

Zweitausend Kehlen bejubeln den dumpfen Knall, der durch die Bieler Vorstadt hallt. In diesem Schrei löst sich die Nervosität. Aufregung ist immer vor einem Ereignis. Ist es eingetreten, sollte sie verfliegen. Zweitausend Menschen spenden Beifall, sich selbst und dem Menschen, der mit der Startpistole umgehen konnte. Ihr Stimmgetöse hört sich an, als trete da vorne ein großer, von ihnen bejubelter Rockstar auf. In Wirklichkeit hat sich ihnen dort ein Laufparcours von unheimlicher Dimension eröffnet. Der Moment, dem wir entgegenfieberten, ist entgültig da. Und Momente können sich zu Ewigkeiten dehnen von nun an.

18. Gedanke: Orangene und gelbe Lichter

Die Straßenbeleuchtung gibt der Szene ein leicht unwirkliches Ambiente. Das warme Licht bemalt unseren Auszug äußerst harmonisch. Fast wie speziell aufgestellt scheinen diese Lampen, um ihn zu einem Schauspiel aus der Traumfabrik zu machen. Doch mir ist nicht mehr träumerisch zumute, spätestens seit dem Startschuß nicht mehr. Unsere Schritte sind die nackte Wahrheit – „trapp- trapp- trapp" ist ihr Klang. Trotzdem ist mir wohlig und warm, während wir unter dem Straßenlicht eine weite Schleife durch die Bieler Innenstadt ziehen.

19 Gedanke: Die Bevölkerung einer Stadt

Ganz Biel, so könnte man meinen, steht am Straßenrand unserem Auszug beiwohnend. Oder täuscht uns das? Ist es doch nur halb Biel? Sicher ist, es sind viele Menschen. Die Bieler Lauftage, Geburtsjahr 1959, sind längst zu einer Institution kulturellen Lebens der Stadt geworden. Man will dabeisein. Tausende bereiten uns am Straßenrand mit Beifall, Anfeuerungsrufen und „la ola" Wellen einen herzlichen Abschied. Kinderhände sind auf die Straße gestreckt, so weit die Ärmchen reichen, damit wir sie abklatschen sollen. Hoffentlich kann ich in meinen Sinnen etwas von ihrer Wärme mit hinausnehmen in den kälteren, einsameren – und schmerzhaften Teil der „Nacht der Nächte".

20. Gedanke: Zweisprachigkeit

Anfeuerungsrufe auf französisch von rechts und auf deutsch von links oder umgekehrt, die Zweisprachigkeit Biels (etwa drei Fünftel der Bevölkerung sprechen deutsch, zwei Fünftel französisch) macht die Athmosphäre noch angenehmer. Und wie hatte sich vorher erst der Streckensprecher bemüht, uns alle verständlich zu begrüßen. Englisch, slowenisch, polnisch und was weiß ich noch wie hatte er seinen Text gelernt. Auch wenn ich kaum eine Fremdsprache kann, ist es hier leicht, multikulturell zu denken. Die gemeinsame Anstrengung von 100 Kilometer Lauf sind deutlichster Grund, sich gegenseitig zu respektieren. Da wird es im Ziel keine Rolle spielen, wer aus welchem Land kommt. Die Sprache der Leistung, der Mühen und der Qualen wird von allen gleich verstanden worden sein. Sport wird zum Mittel der Toleranz.
Und hoffentlich wird am Ende auch nicht mehr so wichtig sein, wer schneller war als der andere.

21. Gedanke: Hopp Schwyz

Ein Ruf erklingt überall auf der Welt, wo schweizer Sportler starten. Auch uns tönt er von mancher Seite der Straßenränder von Biel entgegen: „Hopp Schwyz." „Warum hopp?" kommentieren wir das, „wir schwitzen doch schon."

Noch immer ist uns die Blödelei nicht ganz verflogen, welche die Anfangsnervosität mit sich bringt. In jenem Fall machen wir einen Versuch von Wortwitz. Noch ist Zeit dazu. Die Lust darauf wird dort draußen verschwinden, wo der Weg schwer wird.

22. Gedanke: Unser Wirt in der Nidaugasse
Der freundliche Patron unseres Hotels ist vor die Tür getreten. Auch er will das Spektakel nicht versäumen. Als er Matthias und mich erkennt, grüßt er in die Läufermasse. Wir winken lachend zurück. „Laß schon mal die Betten machen, lieber Freund!" Warm wird es unter der Decke sein, und weich in den Kissen. Noch trennen uns siebenundneunzig Kilometer davon.
Diesen Gedanken sollten wir allerdings weit verdrängen. Eher kannst du barfuß laufen, als deine Psyche solch eine Rückwärtsrechnung verträgt. Auch bei Marathons habe ich stets erst dann mit ihr begonnen, wenn ich es mit einstelligen Zahlen zu tun hatte.

23. Gedanke: Die große Läuferschar
In den Straßen von Biel sind wir eine kompakte Masse. Wir suchen keinen Gleichschritt, das natürlich nicht, aber unser „trapp- trapp- trapp" klingt wie ein Chor, vielstimmig und harmonisch. 2000 Läufer und Läuferinnen geben dir Sicherheit, kaum ein Stück ganz alleine unterwegs zu sein auf den 100 Kilometern. Trotzdem trügt die Geborgenheit dieser Herde. Vollkommen einsam fühlen wirst du dich irgendwann da draußen in der Nacht. Keiner von denen da vermag nämlich einen Schritt für dich zu tun, keiner wird auch nur ein Gramm deiner Schmerzen für dich tragen. Du bist allein. Das ist eine der extremen Lehren des Ultralangstreckenlaufes. Mag sie manches Mal wie eine Binsenweisheit klingen. Du mußt sie immer wieder neu erlernen, bei jedem Lauf über Marathondistanz oder mehr.

24. Gedanke: Die Steigungen
Die 100 Kilometer von Biel sind kein extremer Berglauf. Als leicht bis mittelschwer würde ich ihr Streckenprofil bezeichnen, wären sie „nur" ein Gang über die halbe Distanz. Herausforderung ist wirklich fast allein ihre Länge. Trotzdem gibt es einige Steigungen unterwegs. Und die sind ernst zu nehmen. Gleich nach der Stadtgrenze Biels, wo wir zum ersten Mal die Aare überqueren, erwartet uns ein Dörflein, das wie ein Reiter auf einem Höhenzug sattelt. Etwa sieben Kilometer sind erst zurückgelegt. Dennoch gehen wir schon die Steigung ins Dorf hinauf. Gehen heißt, wir marschieren recht zünftig, aber wir rennen nicht. So, haben wir ausgemacht, werden wir es an allen Steigungen tun. Es war Matthias Idee, und ich habe sie gern übernommen. 100 Kilometer werden nicht nur deshalb hauptsächlich mit dem Kopf gelaufen, weil am Ende wahrscheinlich nur die mentale Kraft deinen müden Körper ins Ziel tragen kann. Auch die körperlichen Kräfte mußt du dir überlegt und haarklein einteilen. Minuten, die

wir am Berg gewinnen, könnten zu Stunden werden, die wir später durch Erschöpfung verlieren. Deshalb tun wir langsam in den Steigungen.

25. Gedanke: Freunde in der Nacht

Die kompakte Läufermasse ist zu einer gedehnten Schlange aus beleuchteten und unbeleuchteten Gestalten geworden. Sie sind mir fremd, fast anonym. Mittendrin aber ist einer, der mir vertraut ist. Matthias und ich haben beschlossen miteinander zu laufen, solange unsere Schritte einigermaßen harmonisch sind. Die Gestalten der anderen verschwimmen im Halbdunkel, das ihre Gesichter vollkommen verschluckt. Doch der neben mir ist nicht nur ein Freund, allein an seinen Schritten würde ich ihn erkennen. Hunderte von Trainingsläufen absolvierten wir gemeinsam und zum Teil auch in der Nacht. Angenehm bekannt ist mir sein Laufrhythmus, seine Gestalt, seine Haltung, seine Stimme. Die gewohnte Person kann zur Wohltat werden im anonymeren Teil der „Nacht der Nächte". Eine Vertrautheit alleine raubt dem Abenteuer noch lange nicht seine Abenteuerlichkeit.

26. Gedanke: Pinkelpause

So vieles mußt du koordinieren, wenn du gemeinsam laufen willst im Durcheinander solch eines Starterfeldes – sogar Pinkelpausen. In der Dunkelheit der Nacht könnte man sich leicht verlieren, sollte einer alleine in die Büsche gehen. Deshalb sprechen wir uns ab, tun es zur gleichen Zeit.

27. Gedanke: Die Autobahnbrücke

Tief unter uns summen ganz vereinzelte gelbe und rote Lichter in Schnelle vorüber. Auch auf Autobahnen wird es stiller gegen Mitternacht. Mitten auf der Brücke sage ich zu Matthias, jetzt wäre wieder mal Zeit für eine Pinkelpause. „Du rechts, ich links." Er traut sich nicht, auch dann noch nicht, als ich ihm erkläre, daß die alle Scheibenwischer haben da unten. Ich bezichtige ihn schwerer Feigheit.
Im Ernst hätte natürlich auch ich nicht von der Brücke auf die Autobahn gepinkelt. Es ist flacher, aufgeregter Sportlerwitz, der sich noch immer in mir regt. Doch, das ist sicher wie das Amen in der Kirche, in dieser Hinsicht wird's mir noch ganz gewaltig die Sprache verschlagen.

28. Gedanke: Wiesen, Wälder und Felder

Still ist's geworden um uns. Zwischen den Lichtern der verstreuten Dörfer, die eine sanftdunkle Nachtlandschaft überzuckern führt unser Weg durch die Einsamkeit. Mir ist ein wenig kühler geworden, was kaum mit den gesunkenen Nachttemperaturen zusammenhängt. Nichts erinnert mehr an die künstlichen Lichter der Stadt, die mir etwas sehr Geborgenes, Warmes vorgaukelten. Unsichtbar liegen sie da hinter uns im Schlund der Nacht, und ich hielte ihre Szenerie nun doch für eine traumartige, die nie richtig wahr gewesen ist, wenn wir nicht den Rhythmus unserer Schritte als ihr Andenken mitgenommen hätten in die Einsamkeit. Die Nacht hier draußen ist eine klare, hat kein gieriges Maul, das uns auch den kleinsten Eindruck der Landschaft wegfressen würde. Uns bleibt ein Bild der Geraden, der braven Bodenwellen, der Höhen ringsum. Im Hintergrund thronen noch die Lichter des Dorfes, nach dem der erste Anstieg hinter Biel führte. Ein wenig majestätisch gar sattelt es droben auf der Höhe. Es scheint etwas besonderes, da hindurchgelaufen zu sein. Natürlich schluckt die Nacht viele andere Details der Landschaftsbilder. Die Ausblicke verschwimmen ineinander, werden von einer Ansammlung von Einzelheiten, als die wir sie tagsüber wahrnehmen würden, zu einer athmosphärischen Ganzheit. Wenn aber der Wald uns einfaßt, der dunkle Münder hat in der Nacht, die manchmal wie Tore, manchmal wie Tunnels dir begegnen, besinnst du dich ganz aufs Nahe. Kleinigkeiten werden wichtig in deiner Wahrnehmung, die du bei Helligkeit übersehen würdest. Dein Blick konzentriert sich ganz zwangsläufig auf einzelne Dinge in ganzer Nähe, auf Bäume, Büsche, Äste auf dem Weg oder auf deinen Nebenmann, den Mensch, den Läufer, Teilnehmer wie du an den 100 Kilometern von Biel.

Die Gerüche von Wald und Flur sollten mehr in den Vordergrund treten im Dunkel, aber sie bleiben zu schwach haften in meiner Erinnerung. Auch akkustisch scheint mir diese Nacht einigermaßen Tod entgegenzukomen. Dabei weiß ich vorallem über die Wälder aus nächtlichen Trainingsläufen wie sie klingen im Dunkeln. Das Rascheln von Tierbeinen und Tierbeinchen steht dort im Vordergrund. Sie rascheln schnell, sind dir unbegreiflich, weil dein Auge jetzt nicht die Spur einer Chance hat, den Urheber des Geräusches zu orten. Manchmal denkst du, ein Tier huscht den ganzen Weg neben dir her, raschelt spielend hin und wieder im Laub, als wolle es dich foppen und dir bedeuten: „Junge, du gehörst jetzt nicht hierher. Du bist kein natürlicher Teil des Nachtwaldes." Eben glaubtest du noch gerade das zu sein, weil dein natürlicher Schrittrhythmus so genau zur Athmosphäre paßte. In der Nacht von Biel allerdings sind wir Menschen so viele, damit unser Laufgeräusch die klare Oberhand hat über die neckenden Geräusche der Tierbeine. Wir bringen das meiste Leben in die Nacht durch unser monotones, lieb vertrautes „trapp, trapp-trapp". Hoffentlich tun wir der Natur nicht so sehr weh damit. Mein Gott, kleinstes menschliches Tun, wie es Laufen darstellt, kann der Natur schon schmerzen heutzutage. So sehr sind wir ihr Feind geworden. Doch die Natur weiß auch zu leben in bedrängenster Nähe des Menschen. Stell dir vor, ein Käuzchen schrie auf meinem normalen Laufparcours ganz in Stadtnähe! Hier, wo kein Zuhause ist, sondern das große Abenteuer, bleibt mir der melancholische Schrei eines Käuzchens verwehrt. Heute schmecken die Sinne der Nacht ein wenig fahler als in meiner Vorstellung. Aber diese Vorstellung, mein romantischer Sinn, ist nicht tot dabei. Ich schwöre es.

29. Gedanke: Städtchen, Dörfer und Weiler

Jedem Lichtersee (vom Lichtermeer wird bestenfalls noch bei Kirchberg die Rede sein können unterwegs) sehen wir mit Vorfreude entgegen, denn bald schon sind wir dankbar für jede Abwechslung im monotonen Dunkelblau dieser Nacht. Dabei ist genaugenommen das Bild immer gleich in den Ortschaften. Die Leute haben gefeiert, zusammengesessen bis tief in die Nacht und dabei auf unseren Durchzug gewartet. Jetzt sind sie vor die Wirtshäuser getreten und füllen die Straßenränder fast so vollkommen, wie dereinst (ich sage dereinst, dabei war es doch erst vor wenigen Stunden) die Straßenränder von Biel gefüllt waren. Man wird nicht müde vom Klatschen und Schrein. Sogar Kinderhände strecken sich uns noch weit in der Nacht zum Abklatschen entgegen. Bis zum frühen Morgen noch werden einige „la ola" die Welle zelebrieren. Die wenigen Betrunkenen, deren Anblick keine Freude ist, trüben das liebe Gesamtbild kaum. Ein stimmungsvoller Höhepunkt der ganzen Nacht ist sicherlich schon die Durchquerung von Aarberg bei Kilometer 16. Mir werden davon ein paar Sillouetten prächtig bemalter Häuser im Sinn bleiben. Die Bürgersteige davor sind vielleicht noch menschenüberladener als zuvor die in Biel. Beim Ortseingang hat die hölzerne Aarebrücke unser „trapp- trapp- trapp" einmal für wenige Sekunden umgefärbt in ein dumpfes „plopp- plopp- plopp". Fast als würden wir ständig auf Pauken treten hatte das geklungen.

In den Weilern und Höfen ist naturgemäß weniger los. Doch manch einer hat auch da auf uns gewartet. Man saß dabei unter romantischen, geborgen in die Einsamkeit scheinenden Öllampen auf der Wiese. In Ställen höre ich hin und wieder das verblüffte Klirren von Ketten. Die armen Kühe dort drin wissen nicht, was da draußen los ist. Unser Geräusch – „trapp- trapp- trapp" - gehört sonst nicht zu ihrem immergleichen Dasein. Die freistehenden Höfe kommen mir unheimlich vor. Nicht die Gebäude an sich, ihre dunklen, jetzt unbelebten Schatten, wirken auf mich bedrückend, sondern ihre einsame Lage. Still ist drum herum die Nacht. Gefährlich still hört sie sich an hier. Der Gedanke aber, da drinnen könnte einst meine Lieblingsromanfigur, der sinnesreiche Goldmund, gelegen haben und auf Laken oder Stroh eine Magd, möglicherweiße auch eine Bäuerin, mit seiner Liebeskunst beglückt haben, bedrückt mich keineswegs. Das war bequemer, als das, was ich hier tue, ihm wohl gewesen wäre. Doch zuvor war er gewandert, auch durch Nächte, die wahrhaft noch gefährlich waren seinerzeit im Mittelalter und vorallem viel weniger Lichter kannten. Unsere Wanderlüste sind noch fast deckungsgleich. Laufen aber, das hat er nicht gekannt, ist eine sehr sinnesreiche Unterart des Wanderns. Und Wandern ist eine Sportart. Diesen Begriff wußte er damals nicht.

Als Künstler des Unterwegsseins, wie er einer war, möchte ich, der ich ebenso auch Sportler bin, noch heute Nacht eine Geschichte über eine sinnliche Frau namens Melprona erdenken.

30. Gedanke: Sternenhimmel

Wunderbar klar ist jene „Nacht der Nächte". Je tiefer wir eindringen dorthinein, je mehr Sterne begrüßen uns am freundlichen Firmament. Auch nicht die kleinste Spur einer Wolke verhängt uns den Blick dort hinauf. Immer unwahrscheinlicher werden die Regenschauer, die vorausgesagt waren für diese Nacht. Wenn schon die Strecke von 100 Kilometern keine Gnade kennen wird, so kennt unser Schöpfer – alle Computer auf den Wetterämtern hat er wundervoll genarrt – eine kleine Gnade mit uns, die wir diesen Weg gehen wollen. Er schickt uns gutes Wetter.

31. Gedanke: Der Lichterwurm

Eine lange Kette von Lichtern weißt unseren Weg durch die „Nacht der Nächte". Sie will uns gar unendlich erscheinen, denn längst schon ist ihr Anfang, genau wie ihr Schluß, aus unserem Sichtfeld geraten. Dabei erblicken wir sie manchmal Kilometer weit, wie sie sich über die Hügel schlängelt. Kleine Lichter sind da überall, Lichter in rot, weiß und orange. Das sind die Stirn- und Taschenleuchten der Läufer, oder die Lampen der Begleitfahrräder. Oft ist auch ein Licht unter einen Richtungspfeil gestellt (verlaufen kannst du dich kaum hier, die Organisation ist nahezu perfekt). All diese Lampen wirken wie kleine Leuchttürme in meiner Nacht, zeigen mir, ob mein Weg jetzt bergauf oder bergab, nach rechts oder nach links führt. Und sie sind Wohltat, weil sie beweißen: Da sind Menschen in der Nacht, und die träumen zumindest einen ähnlichen Traum wie ich. Sonst liefen sie nicht hier.

32. Gedanke: Verpflegungsstellen

Die langen Tische, auf die geschichtet ist, woran wir uns laben können, werden zum Teil angestrahlt von den wohl grellsten Lichtern der „Nacht der Nächte". Das hat seinen klaren Grund. Sie sind die wichtigsten Punkte der Strecke, welche man am wenigsten übersehen darf. Doch übersehen würden wir sie kaum, auch wenn sie weniger auffällig wären. Unsere Begierde nach ihnen läßt sie uns schon förmlich riechen. Jawohl! Hier steht das starke Wort „Begierde". Unsere Begierden und Sehnsüchte haben sich gewandelt auf diesem Weg. Sie haben eine sehr viel simplere Form angenommen, richten sich nicht mehr nach abstrackten Gütern, deren Notwendigkeit unser modernes Dasein nur suggeriert, sondern nach der nächsten Verpflegung mit so einfachen Dingen wie Tee oder Mineralwasser und Würfeln von Brot, Obst, Schockolade. Nach Gütern, die so leicht zu erlangen sind in unserem Alltag, lernen wir wieder Sehnsucht zu haben. Müssen wir Wohlstandsmenschen hierzu schon 100 Kilometer laufen? Vielleicht... . Jedenfalls sind die Verpflegungsstände mit ihren stärkenden Köstlichkeiten, die so alle sechs bis sieben Kilometer auf uns warten, eine Art Gedankenleiter, an der wir uns über die Strecke hangeln. Doch es kommen Momente, da wir auch glatt gegenteilige Gefühle verspüren. Dann stehen wir vor einem Verpflegungsstand, haben vielleicht schon etwas zu essen in der Hand und das Gefühl, keinen Bissen davon hinunterbringen zu können. Du kannst jetzt nicht essen, du kannst nicht. Dein Magen ist wie verschlossen. Und doch: Du mußt essen, du mußt, du mußt. Wenn du den Hunger einmal spürst, ist es meist schon zu spät. Unterzuckerung, genannt Hungerast, bedeutet das sichere Aus. Viele derer, die aufgeben müssen im Laufe der 100 Kilometer, scheitern daran.

Den Leuten, die hier draußen fröstelnd ihre Nachtruhe opfern, um uns an den Ständen zu versorgen, danken wir zumeist nicht einmal mit einem Kopfnicken. Doch sie werden wissen, wie sehr wir mit uns selber beschäftigt sind. Idealisten, wie sie es sein müssen, wird unser Tun als Dank gelten. Wir äußern ihn mit unserem „trapp- trapp- trapp" beim Kommen und Gehen.

33. Gedanke: Erster Totpunkt meiner Nacht

Doch! Ich muß diese Wahrheit einsehen. Einige Zeit hatte ich sie noch verdrängen können. Aber sie zu zertrampeln im Rhythmus meiner Schritte, das das gelang nicht. Mir geht es schon jetzt nicht besonders gut. Namentlich die Beinmuskeln sind viel härter, als sie es nach erst gut zwanzig Kilometern schon sein dürften. Und auch mein eigentlich so starker Antrieb, dem Abenteuer, dem Traum und dem fernen Ziel entgegen versandet viel zu sehr im Blau der Nacht. Dies geschieht ausgerechnet heute auf der legendären Strecke von Biel. Der Gedanke könnte mir Panik bereiten. Doch meine Angst vor dem frühen Scheitern bleibt tief verborgen, so tief, daß wahrscheinlich auch mein Nebenmann Matthias nichts merkt, der mich gut kennt. Noch ist es nicht zu schwer, dieser Angst Herr zu werden. Die ganz einfache Tatsache beruhigt mich, daß ich glaube zu wissen, woran es liegt. Die Mitternacht ist vorüber, und mein Körper weist mich an zu schlafen. Mein Kopf aber möchte ganz anderes. Ich will ihm Oberhand geben. Dieser Totpunkt muß zu überwinden sein.

34. Gedanke: Der Tagmensch

Ein Nachtschwärmer war ich nie. Um Mitternacht spätestens gehe ich ins Bett, oder bei nachfolgender Frühschicht acht Stunden bevor ich aufstehen muß. Kaum Ausnahmen mache ich von dieser Regel. Die Tatsache, daß Biel ein Nachtlauf ist, hat mich zuvor am längsten zögern lassen, auf das große Abenteuer einzugehen. Der Tagmensch, der nie das Durchmachen geübt hat, soll die „Nacht der Nächte" bestehen?

Oh ja, er wird sie bestehen. Mein Glaube daran erlöscht nicht. Gerade meine Art von Askese ist es, die mich trotz hartem Altenpflegeberuf stark gemacht hat für die 100 Kilometer. Tatsächlich laufe ich bei Kilometer dreißig wieder lockerer als bei Kilometer zwanzig. Der Todpunkt war zu überwinden.

Von meinen Erfahrungen als Altenpfleger im Übrigen, wollte ich hier nicht reden. Und doch werde ich es vielleicht tun müssen, in dem Fall nämlich, daß dieser Text von einer gelungenen Zielankunft berichten sollte.

35. Gedanke: Das Licht in der Höhe

Da ist ein Licht fernab von unserem Weg, der sich während der Nacht in gebührendem Abstand im Kreis darum bewegt, somit es uns fortwährend ein Rätsel bleibt. Eine Reihe von vier oder fünf Lampen muß es sein, welche scheinbar in der Luft hängen, weil ihr Sockel verborgenen bleibt im Dunkel. Ein Berg wird dieser Sockel sein, oder ein Turm. Vielleicht ist es auch beides, ein Berg mit einem Turm darauf. In langen Gedankengänge fast die ganze „Nacht der Nächte" über wird mich dies Licht beschäftigen. Ist es totes Gerät, das von diesen Lampen bestrahlt wird, oder verbringen Menschen darunter ihre Nacht in Gemeinschaft? Meine Phantasie erarbeitet schließlich folgende Lösungsvorschläge des Rätsels über diese Lichterkette: Ein Höhenrestaurant, ein Funkturm, eine Positionslampe für den Flugverkehr könnte es sein. Das alles ist nicht besonders orginell. Meine Phantasie stellt mich nicht recht zufrieden in dieser Sache, wo ich doch ihre ersten Wurzeln bei Karl May suche, dem ungekrönten König der Phantasten. Was hätten dessen Gedankenflüge wohl aus solch einem fernen Licht gezaubert, hätte er es nur vom Schreibtisch aus gesehen? In seiner Phantasie wußte und konnte er alles. Und dafür bewundere ich ihn aufrichtig. Nur eines wußte er eben doch nicht: Wie die Wahrheit eines Abenteuers schmeckt. Wir Läufer könnten sie ihm erklären, sie schmeckt schmerzhaft, zuzeiten etwas fad, zuzeiten aber auch so reichhaltig, so bunt, wie er glaubte, und manchmal schmeckt sie nüchtern – ein schlimmes Wort, aber wir können nicht an ihm vorbei. Trotzdem sind wir zufrieden mit unserer Wahrheit. Das einfache „trapp- trapp- trapp" von Schritten in einer Nacht kann die Musik eines grandiosen Abenteuers sein. Meine Phantasie ist ausgefüllt davon, und doch kann sie sich nicht frei entfalten, weil die Gedanken an so profanen Dingen wie Essen und Vorwärtskommen hängen bleiben. Immerhin erfand meine Phantasie schon Melprona und Berturo auf dieser Reise, als ich drunten in La Tene ausruhte für den großen Lauf. Ich hoffte ihre Geschichte zu entwickeln auf den 100 Kilometern von Biel. Wahrscheinlich habe ich mich da geirrt. Erst im Nachhinein wird es vielleicht geschehen können.

36. Gedanke: Die Trennung

Der an meiner Seite läuft schneller, als man es tun sollte auf diesem langen Weg. Matthias holt Gruppe um Gruppe ein. In jeder könnten wir uns verstecken, weil Laufen in Gemeinschaft viel leichter ist, vorallem für die Psyche, die heute wichtiger ist als jemals zuvor. Doch er überholt die Gruppen stets, strebt alleine in die Nacht, und nach jeder Überholung wird er unbewußt einen Schritt schneller. Zu schnell ist er geworden, das sagt mir jeder Schritt, jeder Atemzug. Jedenfalls glaube ich es zu spüren. Es ist meine Meinung. Er würde sie nicht annehmen, was ich ihm nicht vorwerfen kann. Auch ich trage einen ähnlichen Dickschädel durch die Gegend wie er. Aber man muß schon an sich selbst denken auf dem Weg nach solch einem fernen Ziel, und haarklein dem eigenen Plan, der eigenen Krafteinteilung folgen. Deshalb lasse ich ihn ziehen.

Sofort ist es um vieles einsamer in dieser Nacht. Allerdings war damit zu rechnen, daß wir uns verlieren könnten. Man muß sich der größten Einsamkeit stellen können beim beharrlichen Weg nach einem fernen Ziel. Am Freund irgendwo da vorne im Dunkel hängen von nun an zusätzlich meine Gedanken.

37. Gedanke: Wie die Nacht mich reicher macht

Einen gewissen Reichtum meiner Seele – um ehrlich zu sein, vielleicht ihren größten – macht das Roulett der Bilder von meinen Wanderungen zu Fuß und zu Fahrrad. Wahrhaftig wie eine Roulettscheibe schwirren diese Bilder – ich konnte sie nicht zählen, tausende werden es schon sein – durch meinen Kopf, wenn ich die Augen schließe und geeignete Stimmung zum Träumen habe. Nie weiß ich, wo die surrende Scheibe anhalten wird, welches Bild das Glückslos dann ruhig und scharf vor mein geistiges Auge treten läßt. Es können Bilder sein der Wanderhöhepunkte, wie ein Wintertag an den Kreidefelsen Rügens, eine sommerliche, italienisch alpine Radfahrt hoch über den glitzernden Wellen des Comer Sees, ein Novembersturm am Bodensee, überhaupt Bilder aller Jahreszeiten am Bodensee, der schönstatmenden Fläche meiner Welt, Bilder aus Hallstatt, dem schönsten Flecken meiner Welt, oder aus Tübingen, der schönsten Stadt meiner Welt. Aber vielleicht sehe ich dann auch detailverliebte Bilder von scheinbaren Nebensächlichkeiten, etwa das Bild eines hölzernen Pfostens, den der Regensturm an der Windseite durch und durch benäßt hat, im Windschatten jedoch völlig trocken ließ, damit ich meine, er bestehe aus zweierlei Hölzern. Dieses Bilderroulett ist vollkommen unmateriell, aber es ist mein wertvollster Besitz. Die Bilder der Nacht von Biel werden dort mit eingereiht werden, kommen mit ins Spiel. Viele künstlich wirkende Bilder werden mir erinnerlich sein aus dieser „Nacht der Nächte", denn anfangs brauchte sie Lichtquellen, um wirken zu können. Unter jenen Lichtern aber waren die Bilder grandios. Ich sehe noch die warmen Straßenleuchten von Biel und die schattenhaft darunter hindurch huschenden Läufer vor dem geistigen Auge, sehe die klatschenden Menschen unter den Lampen der Orte unterwegs und sehe die trostvollen Blinklichter unter den Richtungspfeilen. Doch auch die unverfälschten, athmosphärischen Nachtbilder ohne Hintergrund sind würdig für mein inneres Roulettspiel, die sanftgeschwungenen Hügelgruppen, die eine Sternennacht nicht verschuckt, sondern mit Geheimnis überzeichnet, die in Einsamkeit getrost schlafenden Gehöfte, ebenso das Fastschwarz in den tiefen Wäldern.
So wird sie mich bereichern, die „Nacht der Nächte". Aber lange ist sie noch nicht Erinnerung. Ich stecke mittendrin.

38. Gedanke: Das falsch gelesene Kilometerschild

Da vorne, irgendwo in der Nacht muß die Hälfte unseres Weges nahen. Einige Zeit schon sind wir über die Marathondistanz hinausgelaufen. Marathon – was ist das sonst für ein beeindruckendes Wort. Es steht uns für den langen, klassischen Weg der Freuden und Leiden. Hier sind die 42,195 Kilometer eine Selbstverständlichkeit gewesen, stellen durch ihre Berühmtheit höchstens ein psychologisches Zwischenziel dar. Kein Schild hat auf sie hingewiesen. Jetzt wartet eine wichtigere Zwischenstation auf uns. Der „Punkt ohne Wiederkehr", wo es noch so weit ist ins Ziel, wie es der Weg vom Start hierher schon war. Dieser Punkt wird mit einem Kilometerschild markiert sein. Irgendwo noch an dieser Straße, die sich mit sanftem Schwung über eine leicht hügelige Hochfläche zieht, muß es stehen. Dies sagt mir mein Streckengefühl. Am nächsten Abzweig in den Feldweg glaube ich es tatsächlich zu sehen. Zwar ist das Licht darunter ausgefallen, trotzdem erkenne ich die Zahl. 50 steht da. Stein und Bein könnte ich darauf schwören. So sicher bin ich, damit ich meinen beiden Nebenleuten erkläre, hier sei Kilometer 50. Erst ein bedeutendes Wegstück weiter nach der nächsten Ortschaft fällt mir mein Irrtum auf. Im klaren Licht einer Straßenlampe steht das „echte" Fünfzigerschild. Ich erschrecke sehr. Ist meine Psyche jetzt schon so strapaziert, damit sie mir Halluzinationen vorgauckelt? Herrscht in mir schon solche gedankliche Not, damit meine Sinne sich in Lügen retten, die sogar das leibliche Auge täuschen? Die Antworten auf diese Fragen verdränge ich lieber. Ein schlechtes Gewissen habe ich vor den beiden Mitläufern über die falsche Angabe. Fehlinformationen über die Strecke können ein tiefes psychisches Loch reißen. Ich will mich entschuldigen. Aber die Nacht hat die beiden schon verschuckt.

39. Gedanke: Der lange Weg nach Kirchberg

Im rosanen Streckenplan, den ich hin und wieder aus der Tasche ziehe, war die Verpflegung wirklich erst bei Kilometer 52 eingetragen. Ich sah von weitem ihre Lichter und war deshalb empfänglich für den Irrtum schon über die Hälfte der Strecke hinauszusein. Das trifft mich jetzt um so mehr, als jetzt der Weg zur nächsten Labestelle noch viel länger ist. Neun Kilometer sind's noch bis da. Es wird keine normale Verpflegungsstelle sein, die dort wartet. In allen Erzählungen über die 100 Kilometer von Biel kommt sie vor als eigentlicher – als psychologischer Rennmittelpunkt. Jetzt ist er also noch weiter entfernt als ich dachte. Es hilft alles nichts. Ich muß den Weg so annehmen, wie er kommt. Jeder Schritt wird mich trotzdem Kirchberg näherbringen. Und meine Schritte haben noch ihren Rhythmus: „trapp- trapp- trapp."

Kirchberg ist der größte Ort unterwegs. Noch aber ist er nicht zu erahnen am Horizont. Die Nacht ist am tiefsten hier. Nur einmal noch rauscht die Autobahn über unsere Köpfe. Dann wird es vollkomen still. In Karl May's Phantasie stünde um diese Zeit ein Indianerüberfall bevor. Aus den weiten Feldern um uns entsteigt der Frühnebel, beginnt sich langsam ins Dunkel der Nacht zu mischen. Vögel erproben schüchtern und tastend noch ihren Morgengesang. Der helle Hauch im fernen Osten wird bald an Einfluß gewinnen. Doch sehne ich ihn noch nicht herbei. Ich mag den Tag erst hinter Kirchberg begrüßen. Kirchberg zu erreichen noch in der Nacht, meine Muskeln lockern auf der Massagebank und anschließend meine Seele stärken durch das hohe Erlebnis des Tagwerdens, so hatte ich mir das ausgemalt. Es war mein einziger „taktischer Plan" für den Lauf von Biel. Doch der entstand zuhause in grauer Theorie. Diese ist manchmal so weit entfernt von der Wahrheit, wie die Phantasien Karl May´s. Trotzdem will ich in Kirchberg sein vor Tagesanbruch. Dafür laufe nun auch ich einige Kilometer schneller als ich sollte.

40. Gedanke: Das blutende Knie

Eine schemenhafte Gestalt stürzt zu Boden irgendwo zwischen Baustelle und schlafenden Bürgerhäusern im kalten Straßenlicht einer Vorstadt, das im gleichen Maße bleicher wird wie der Himmel einer vergehenden Nacht. Etwas zu dramatisch scheint mir die Szene. Einen kurzen Augenblick lang glaube ich in einem schlechten Kriminalfilm zu sitzen. Doch dieser wäre einen Platz in meinen Phantasien gar nicht wert. Außerdem hat hier keiner geschossen, und die vor mir über eine Gehsteigkannte gestürzte Läuferin steht wieder auf. Sie läuft weiter, so langsam allerdings, damit ich sie bald eingeholt habe. Ob sie Hilfe brauche, will ich wissen. „Nein, nein," sagt sie, „alles nicht so schlimm." Von ihrem Knie jedoch läuft in mehreren Fäden das Blut herunter. „Da vorne ist Kirchberg," will ich sie trösten, „da können sie sich verarzten lassen." „Ach," antwortet sie, und das klingt fast ein wenig verächtlich, „da trinke ich nur und laufe weiter." Siehe da, diese kleine, zierliche Frau, die um einiges älter ist als ich, aber einen lustig im Laufrhythmus wippenden Pferdeschwanz trägt, macht sich trotz Verletzung rein gar nichts aus der Massagestelle, die in meinen Gedanken solch eine große Rolle spielt. Bin ich vielleicht zu fixiert darauf? Einen Moment denke ich, auch ich sollte mich einfach nur verpflegen und dann weiterlaufen. Doch meine Hoffnung auf den Ruhepunkt Kirchberg spuckt zu sehr und zu lange schon durch meinen Kopf.

41. Gedanke: Die warme Hand

Nun liege ich endlich auf dem Schragen, nachdem ich mich sehnte, wie der Wüstenwanderer nach der Oase. Im Geräteraum einer Turnhalle haben sie ihn errichtet. Mir wäre jetzt auch ein Kuhstall recht gewesen dazu. Ich schließe die Augen und fühle die warmen Hände, die sanft meine Beinmuskeln lockern. Jawohl! Ich habe das gern, denn es sind die wohltuenden Hände einer Frau. Doch sie ist schon älter, damit ich bei ihrer Berührung nicht auch noch Lüsternes spüre. In meiner Müdigkeit wäre mir danach auch zuallerletzt zumute. Die Zuwendung als solche ist wichtig. Die Gute hat etwas sehr mütterliches für mich, wenn sie freundlich mit mir spricht. Die einzige auf dem ganzen Weg ist sie, die mit mir redet und nicht selbst mit der 100 Kilometer Laufleistung beschäftigt ist. Ihre Freundlichkeit und ihre Hände tun gut. Kaum beschreiblich ist hinzu noch die Wohltat, sich für kurze Zeit ihrer Führung überlassen zu können. Ich schließe die Augen, und es ist mir völlig egal, ob sie nun zwei Minuten oder eine halbe Stunde massiert. 59 Kilometer weit mußte ich mich selbst führen, mußte mich treiben, quälen, verfluchen und ermuntern, immer weiter zu gehen im Rhythmus meines „trapp- trapp- trapp". Und ich werde es wieder tun müssen, noch 41 Kilometer weit. Sobald die Masseuse sagen wird, sie sei fertig, werde ich wieder funktionieren, werde sofort in dieses „trapp-

trapp- trapp" fallen. Die seelische Kraft, durch Zuwendung vermehrt, wird bei weitem noch ausreichen dafür. Das nehme ich als gutes Zeichen für den weiterhin so ungewissen Weiterweg ins ferne Ziel.

42. Gedanke: Der Halbnackte

Ein dunkelhäutiger Läufer, der ein Nasenpflaster trägt, kommt in den Massageraum von Kirchberg. Er scheint gewaltig müde zu sein von der „Nacht der Nächte". Fast tranceartig langsam sind seine Bewegungen, mit denen er sich sogleich und ohne ein Wort zu sagen bis auf die Unterhose entkleidet. Die junge Frau neben der Massagebank, die er halbnackt erklettert, grinst etwas verlegen hinüber zu ihren Kolleginnen. Dann nimmt sie ein paar Handtücher und deckt ihn damit zu. Nur das Bein, welches zu massieren ist, läßt sie herauskucken. Dabei ist er ein hübscher Bursche, muskolös und drahtig. Für einen Moment, als ich ihn so sehe, will ich mich wundern, daß der nach mir hier ankam. Doch Läufer nach körperlichem Aussehen zu beurteilen hat mir diese „Nacht der Nächte" schon abgewöhnt. So viele ausgemergelte Gestalten laufen jetzt vor mir in den neuen Tag, so viele mit Bäuchlein und ebenso viele, die das Doppelte meiner dreißig Jahre und noch mehr auf dem Buckel haben. Auch wenn's vielleicht plump klingt: Der Körper- und Jugendwahn unserer Zeit, der uns aus Werbung und Zeitschriften anspringt, wird wiederlegt auf unserem langen Weg von Biel. Kann das Alter auch in Schnellkraftsportarten die Leistung der Jugend nicht mehr erreichen, hier verschwimmt der Unterschied. Ich will nicht sagen ein 100 Kilometerlauf ist ein Privileg der Ältern. Eine Stärke der Älteren ist er schon. Auch der hohe Favorit auf den Gesamtsieg bei diesem Hunderter von Biel zählt immerhin 47 Jahre (er wäre zu diesem Zeitpunkt schon im Ziel, sollte er tatsächlich gewonnen haben). Auf unserer Strecke zählt in der Hauptsache der Kopf, die sogenannte mentale Stärke. Und jene hat das Leben vorallem den Älteren gelehrt.

43. Gedanke: Die Folge der Massage

Auf dem Schragen zu liegen tat nicht nur der Seele gut, die Zuwendung brauchte. Da fühlte es sich auch erfrischend an, wie die Hand meine verspannte Muskulatur lockerte. Deshalb steige ich jetzt sehr hoffnungsvoll wieder herunter. Die ersten Schritte und – verdammt, es tut ja noch viel mehr weh als zuvor. Noch einmal gehe ich zurück zur Verpflegung, tröste mich mit einem Becher Isostar. Dann muß ich die bösen Folgen der Pause tragen. Meine Muskeln sind erstarrt, nicht gelockert. Die Frau da drinnen in der Halle wird nichts falsch gemacht haben. Außerdem hat auch sie aus reinem Idealismus die Nachtruhe für uns geopfert. Ich werde ihrer weiter freundlich gedenken. Aber trotz aller Zuwendung: Sollte ich noch einmal in Biel starten, werde ich in Kirchberg mich verpflegen und weiterlaufen. Die Läuferin mit dem blutenden Knie hat es richtig gemacht. Für heute nützt mir diese Lehre nichts mehr.

44. Gedanke: Die Dämmerung

Die Massagepause im Geräteraum von Kirchberg war das letzte Kapitel meiner „Nacht der Nächte". Jetzt ist er nicht mehr zu verleugnen – der neue Tag. Die Vögel, so schüchtern ihre Stimmchen noch klangen auf den Feldern vor Kirchberg, singen jetzt in hellem Chor. Noch vermisse ich den leuchtenden Ball der Sonne, aber als ihr Vorbote strahlt bereits das Licht. Wundervoll glitzert der Tau im Gezweig der Büsche, das schon bis in die kleinste Verästelung zu erkennen ist. Die Bilder verlieren das Athmosphärische, Geheimnisvolle der Nacht und gehen über in die freundschaftliche Klarheit des Tages. Sie werden Hintergrund gewinnen von nun. Bald wird dieser Hintergrund der schwarze Schatten es Juragebirges sein, an dessen Fuße Biel liegt.

Ich muß es gestehen: Viel zu selten habe ich in meinem Leben den Anblick des Morgentaus genossen. Eine arge Schlafmütze bin ich. Der Frühgesang der Vögel ist mir bekannt aus ungezählten Nächten im Zelt. Dort drinnen würde ich ihm ein wenig lauschen, mich dann umdrehen und noch eine Stunde oder vielleicht zwei weiterdösen. Heute ist alles anders. Auf den Pfaden vor mir liegt der wahrscheinlich noch schwerste Weg meines Lebens. Im Abenteuer eines noch träumerisch unverdorbenen Tages gehe ich dem fernen Ziel entgegen.

45. Gedanke: Sonnenaufgang

Da ist er, der heißersehnte leuchtende Ball des Lebens. Als Kreis ist er in den Frühnebel gezeichnet, im Zentrum dieses Lichtkegels scheint das gleisende Orange in unglaublicher Klarheit, um nach außen hin in verschwommenere, weniger klare und doch gleich beeindruckende Konturen zu verlaufen. Sie spielen mit den Perlen von Tau, welche weit die Wiesen und Felder überziehen. Das Funkeln der Morgenfeuchte ist Musik für unsere von der Nacht entwöhnten Augen. Es ist so leicht und klar wie Mozartmelodie, oder so aufregend wie ein Text von Hermann Hesse. Was hätte der für eine Poesie aus diesem Sonnenaufgang geformt. Auch hier gilt: Meine Wahrheit, die Wahrheit eines 100 Kilometer Läufers ist ein gut Teil nüchterner. Trotzdem beglückt mich dieser Morgen unwahrscheinlich. Sein Freund bin ich. Immer schon war ich Freund des Tages. Doch der Freund des Tages war nun gefangen, über Stunden freiwillig Gefangener einer Nacht. Und diese Stunden will er nun nicht mehr missen. Soll er dem Tag erzählen von der Faszination dieser Nacht? Der Tag ist zu souverän schön, um darüber vor Eifersucht zu vergehen. Er soll einfach unseren Schritten lauschen, da hört er schon die die größte Faszination der letzten Nacht. „Trapp- trapp- trapp", wir haben nichts anderes gemacht als zu laufen, die ganzen Stunden über. Nun gut, geben wir´s zu. Ein wenig anders klingt das Geräusch schon, wie wir es in den neuen Tag mitnehmen. „Traapp, traapp, traapp," es ist langsamer geworden, schwerer und schmerzhafter. Aber es ist noch da. Und es soll uns treu bleiben bis Kilometer 100, bis zurück nach Biel.

46. Gedanke: Der Ho- Tsi- Minh- Pfad

Am Rande der Stadt Kirchberg, gerade nach dem psychologischen Mittelpunkt also, betrete ich die nächste Passage, die mir aus allen Erzählungen über die 100 Kilometer von Biel bekannt ist. Sie ist berühmt und berüchtigt – der Ho- Tsi- Minh- Pfad. Ich mag diesen Begriff nicht sehr, denn erstens bin ich geschichtlich zu schwach, um sogleich sagen zu können, wer dieser Ho- Tsi- Minh war, zweitens denke ich, er müsse viel mit Krieg zu tun gehabt haben. Auch auf das, was sich auf meiner Strecke hinter diesem Begriff verbirgt, könnte ich ganz, ganz leicht verzichten. Dieser Pfad ist ein einziges Sammelsorium von feuchten Wurzeln und glitschigen Steinen. Nur ganz schmal ist unser Durchlaß zwischen den grünen Baum- und Buschgruppen zur Rechten und der Böschung zum angeschwollenen Flüßlein Emme zur Linken. Hier kannst du dir weder poetische Gedanken noch morgentliche Müdigkeit erlauben. Ho- Tsi- Minh- Pfad, das heißt über geschlagene zehn Kilometer Anspannung, Konzentration und Angst. Ein Fehltritt hier, und aus ist der Traum. Essig wär's mit dem großen Ziel. Mit verstauchtem Fuß geht nun wirklich nichts mehr. Erst im letzten Winter ist mir dergleichen schon passiert. Die ängstliche Ungewissheit aber gehört zum Abenteuer untrennbar mit dazu.

47. Gedanke: Die zu langen Kilometer

Was meine innere Stimme da von sich gibt, hat absolut nichts mehr mit schöner Poesie zu tun. Es klingt sogar recht eklig, denn sie redet komplett in Fäkalsprache: „Scheiße ist das, einfach Scheiße, das Schild für 65 Kilometer ist schon längst vorbei. Ganz sicher schon mehr als fünf Kilometer. Und wo ist das verdammte Siebzigerschild? Und wo die Verpflegung Gerlafingen? Nicht da! Zum Kotzen! Mist, die haben keine Ahnung von Entfernungen." Noch tiefer als diese panische Stimme in mir sitzt, weiß ich, daß sie Unsinn redet. Trotzdem kann ich sie nicht unterdrücken. Ich bin wütend auf jeden, der für nichts etwas kann. Solche Zustände kenne ich genau aus Hobby und Beruf. Sie sind ein klares Zeichen für psychische Überforderung. Jetzt wäre es Zeit zu entspannen, den Tag zu beenden. Heute geht das nicht. Ich würde meinen Traum zerstören. Die Sache ist eine viel ernstere Krise, als die Müdigkeit um Mitternacht.

48. Gedanke: Die Stimme der Vernunft

Während jeder Krise versteckt sich neben dem panischen Geschrei in mir auch eine Stimme der Vernunft. Jetzt spricht sie ungefähr folgendes: „Reg dich ab, Junge! Natürlich stimmen die Schilder. Du bist müde und erschöpft. Da kommt es dir halt länger vor." Problem ist, daß diese Stimme nicht immer durchdringt zur Oberfläche meines Denkens. Gerade brauche ich sie wie nie. Ich schmeichle ihr, ich pflege sie. Wie mit dem Regler eines Radios versuche ich sie zu verstärken, sie lauter und gewichtiger zu machen. Sieh an! Nach einiger Zeit gewinnt sie tatsächlich Oberhand. Die Krise ist bewältigt – vorerst bewältigt. Mit jedem Schritt lauert sie wieder. Und es sind noch verdammt viele Schritte bis nach Biel.

49. Gedanke: Schmerz

Man wird auf diesen Begriff gewartet haben als große Überschrift in meinen Gedanken. Und das völlig zurecht. Also: Natürlich ist es so, wie alle vermuten. Dumpfer Schmerz kriecht nicht erst seit dem Fehler mit der Massagepause von Kirchberg durch meine Beine. Hin und wieder drohte er während dieser „Nacht der Nächte" und dem beginnenden Tag all meine anderen Empfindungen in den Hintergrund zu drängen. Da bekämpfte ich ihn mit aller Macht, drückte ihn nieder. Ich wußte, dem Schmerz nicht zu großen Raum zu geben in meinen Gedanken, das kann ein Schlüssel sein zum Erfolg. Doch wie lang kann das noch gelingen? Meine Lauferfahrung reicht nur bis Kilometer 50 (die Hälfte dieser Strecke, welche meine strapazierte Psyche heute Nacht schon zu früh ansetzte). Wie könnte ich da den Schmerz hochrechnen bis Kilometer 100? Die Ungewissheit quält mich mehr als das körperliche Weh.

Trotzdem ich dem Schmerz nicht zu viel Raum geben will, muß zu diesem Thema noch eines gesagt sein. Eine Frage ist es, die zugleich Antwort ist für alle Zweifler (mit denen ich eigentlich nicht mehr reden wollte): Was auf dieser Welt ist schön und voll Wert und nicht zugleich mit Schmerz geboren? Ein langer, zu Ende gegangener Weg ist schön und voll Wert. Trotzdem mußt du mit dem Gedanken an den Schmerz behutsam umgehen. Du darfst ihn als Begleiterscheinung sehen, aber niemals als Sinn oder Hauptinhalt deiner Sache. Letzteres wäre krankhaft und ließe dich garantiert scheitern.

Der Umgang mit Schmerzen aber ist schwieriger und – nüchterner, als er in Karl May Büchern steht. Das Andenken an jene allerdings ist mir längst der Wahrheit des Abenteuers von Biel gewichen.

50. Gedanke: Die „Berge"

Der rosa Streckenplan in meiner Tasche ist feucht vom Schweiß und Morgentau. Nicht mehr lange werde ich ihn gebrauchen können. Noch einmal aber ist er mir wichtig, denn er zeigt mir unser nächstes Problem. Der Ho- Tsi- Minh- Pfad liegt hinter uns in Gerlafingen, wo ich endlich mein ersehntes 70 Kilometerschild und die Verpflegungsstelle finde. Sie hat meine Sehnen und Gelenke nicht ruinieren können, diese Trampelstrecke. Jetzt soll meine verbliebene Kraft auf eine große Probe gestellt werden. Vor uns liegen die Berge. Der lange Weg von Biel liegt nicht in der klischeehaften Schweiz der Berge und Almen, sollte man dazu wissen (100 Kilometer dort wären nun wirklich ein bißchen viel zu laufen). Ein sanftes Auf und Ab mit Tendenz nach oben wartet hier auf uns. Auf 12 Kilometer Längsentfernung zwischen Gerlafingen und Gossliwil werden wir dabei um hundertzwanzig Höhenmeter steigen. Eigentlich ist so ein langer, sanfter Anstieg kaum der Rede wert. Doch wie bekommt er mir nach durchlaufener Nacht?

Man wird schon sehen. Trotz aller Zweifel und Schmerzen bin ich noch wild entschlossen wie am Start. Ich will ins ferne Ziel.

51. Gedanke: Die Tänzelnde

Ein französisch sprechendes Läuferpärchen zieht am ersten leichten Anstieg an mir vorbei. Hierbei stelle ich fest, daß meine Müdigkeit nicht so schreckhaft sein kann, denn mir ist sofort aufgefallen, daß die Kleine da hübsch ist. Da bekommt ihr Partner Probleme mit dem Schuh. An einem Mäuerchen am Wegrand bringt er sie in Ordnung. Derweil tänzelt die Frau fröhlich von einem Bein aufs andere. Das brächte ich jetzt nicht mehr fertig. Zu sehr schmerzt mich jede Bewegung. Ich kann die Frische dieser Frau nicht begreifen. Ihr Schrittrhythmus klingt tatsächlich noch nach zünftigem „trapp- trapp- trapp". Mein müdes „traapp- traapp- traapp" ist äußerst lahm dagegen. Man könnte ihr mißgünstig werden. Doch Gefühle wie Neid belasten unseren Alltag schon viel zu sehr. Ich wollte sie zuhause lassen.

52. Gedanke: Das Wiedersehen

Den erkenne ich sofort, der da vorne die leichte Steigung hinauftrottet. Doch, ich muß es zugeben, unterwegs hatte ich ihn hin und wieder fast vergessen. Viel zu wenig ist meine Phantasie bei dem Freund auf dem langen, nächtlichen Parcour gewesen. Hat mich die Anstrengung vielleicht zum kleinen Egoisten gemacht? Du bist in Wirklichkeit einsam inmitten der Läufermasse, weil keiner dir einen Schritt machen, keiner deinen Schmerz nehmen kann. Wieder kommt diese ewige Langstreckenlaufwahrheit zum Tragen. Aber der hier war trotzdem noch irgendwo präsent in meinen Gedanken. Irgendwo in der Nacht, nicht lange, nach dem wir uns trennten, glaubte ich ihn nämlich vor mir zu sehen. Alles stimmte, die Gestalt, das schon recht lichte Haar, die dunkle Hose und das weiße T- Shirt. Ich wollte schon meinen Nebenmann bitten, ihn mit seiner Taschenlampe anzuleuchten, und dazu wollte ich noch einen der lockeren Sprüche reißen, wie sie mir inzwischen längst vergangen sind. Im letzten Moment erkannte ich die blauen Streifen auf dem T- Shirt. Er war es nicht. Dabei glaubte ich ihn so gut zu kennen.
Jetzt aber ist heller Tag. Da ist kein Irrtum mehr möglich. Nicht weit vor mir geht Matthias. Das Wiedersehen stimuliert mich zu schnelleren Schritten. Der Freund auf der Strecke ist noch immer ein Stück Geborgenheit. Und ich will wissen, wie´s ihm geht.

53. Gedanke: Der Ausstieg

Matthias wäre gerne vor mir ins Ziel gekommen. Er ist sehr ehrgeizig. Trotzdem ich das weiß, fühle ich keinen Triumph, ihn einzuholen, wie es mir auch keine Demütigung bereitete, ihn heute Nacht davonlaufen zu sehen. Auch aus dem Grund, ohne Siegergefühle über andere Befriedigung finden zu können, habe ich extrem lange Strecken gesucht in meinem Sportlerleben. Matthias und ich sind verschieden. Unsere Motivationen sind andere. Und doch sind wir gute Freunde. In Freundschaft will ich auch jetzt handeln. „Machen wir Kammeradschaft, die letzten 25 Kilometer?" schlage ich ihm vor, sobald ich zu ihm aufgelaufen bin.

Er geht nicht darauf ein. Es ist, als habe er mich gar nicht gehört. „Bei Kilometer 82 bin ich draußen." Er sagt das sehr fest, damit ich nicht mehr nachhaken muß. So spricht nur einer, der genau weiß, was er sagt, und warum er es sagt. Er ist fertig. Irgendwie will er sich hinaufretten, über die die ihm wohl unendliche Steige nach Gossliwil. Dort an der letzten Teilstreckenwertung wird er sich registrieren lassen und eine Urkunde erhalten für eine gewaltige Leistung. Da ist nicht mehr wichtig, daß er nach meiner Meinung anfangs zu schnell unterwegs war. Viel mehr Bedeutung hatten seine vielen Geschäftstermine und die Fußverletzung, die ihn im Vorfeld nicht haben trainieren lassen, wie er sich das vorstellte. Bedenkt man das, hat er bis hier schon eine feine Charakterleistung gebracht. Und auch das Anerkennen von Grenzen zu Gunsten der Gesundheit, bedeutet Größe zu zeigen. Man wird ihm auf die Schulter klopfen dafür, wenn wir uns wiedersehen im Hotel. Ich darf es nicht vergessen.

Im Nachdenken darüber könnte ich vor meinen Schmerzen und meiner Müdigkeit dahin fliehen, daß ich auch meine eigene Grenze bei Kilometer 82 anerkenne. Aber das wäre Flucht in eine Lüge. Denn meine Grenze ist nicht dort. Ich konnte mehr investieren als Matthias ins Training für diesen Lauf. Wohl tut mir alles weh, wohl bin ich erschöpft, aber meine Reserven, die Aussicht lassen aufs glücklichste Ende des großen Abenteuers, kann ich nicht verleugnen. Ich bin mir den Versuch schuldig, die letzten 18 Kilometer anzugehen, da oben in Gossliwil. Meine Sehnsucht nach dem fernen Ziel ist nicht tot. Ich will da hin, ich will, ich will. „Nicht nachlassen," ruft mir Matthias noch hinterher. Er soll sich darauf verlassen können.

Dies aber hinterher niederzuschreiben oder zu lesen, ist millionen Mal leichter als die schmerzende Wahrheit zu tragen.

54. Gedanke: Ausschweifendes Denken

Ein Punkt, alle waren sich einig in ihm, die mir im Vorhinein erzählten über diesen Lauf, war es, in dem ich meine Stärke sah. Man muß herausgehen aus sich, weit schweifend mit den Gedanken, weg vom Körper, in dem nur noch Schmerz ist. In träumerische Welten mußt du tauchen, und wenn du aufwachst das unmöglich Scheinende des 100 Kilometerlaufes wahrgemacht haben. Sollten deine Sinne nämlich in dir bohren, wo alles vom Weh überstrahlt ist, dann wird er tatsächlich unmöglich bleiben.

Das, so dachte ich, werde ich können, sicherer als alles andere. Vielleicht bin ich kein König der Träumer, wie es May oder Hesse waren, ein besserer Phantast als Ottonormalträumer bin ich durchaus. Was hatte ich mir vor dem Start zurechtgelegt an Träumereien: Bilder meiner Reisen waren dabei, Gedanken an alte Menschen im Heim, die ich sehr lieb hatte oder noch habe, auch mit Wutgedanken vom Arbeitsplatz wollte ich schweifen gehen, und natürlich sollten erotische Träumereien möglich sein. Zudem wollte ich früher gesehene, spannende Eishockeyspiele durchträumen, weil der Start des Laufes vor einer Eishalle war. Und jetzt, da der legendäre Bieler Lauf zur etwas fader und nüchterner schmeckenden Wahrheit geworden ist, jetzt ist wieder alles ganz anders. Kaum etwas von all dem kam bislang in meine Gedanken. Der Phantast ist beinahe zum nüchternen Realist geworden. Ich horche durchaus in mich hinein und verzweifle noch nicht am unlösbaren Versuch, diese Schmerzen gegen den Rest der Strecke aufzurechnen. Meine Gedanken schweifen weniger als auf jedem gewöhnlichen Trainigslauf. Mein Sinnen ist ganz real: Wo bin ich, wie sieht's mit den Kräften aus, wo beginne ich zu gehen unter diesem Anstieg, was muß ich tun, um durchzukommen? Die Läuferwelt ist normaler geworden, sie sagten: So fade hälst du sie nicht aus auf diesem Weg. Ich, der Träumer sage: Sehr wohl hälst du sie aus. Mein fernes Ziel ist Traum genug jetzt. Das gelungene Abenteuer wird auch als Wahrheit nicht öde schmecken.

55. Gedanke: Die strukturierte Strecke

Noch einen Rat geben dir alle, die du danach fragst, mit auf den Weg nach Biel. Auch der schien mir im Vorfeld völlig einleuchtend. Du sollst die Strecke strukturieren, nie ans Ganze denken, denn das würde dich umhauen. Natürlich hatte ich vor, das so zu machen. Ich tue dies schließlich schon an einem einzigen Berg, den ich im Training laufe oder mit dem Fahrrad fahre. Nahziele mußt du dir setzen, dich alleine auf sie konzentrieren, im Falle des Bieler Laufes auf Kilometer 20, die Marathondistanz, die Hälfte der Strecke, den Massagepunkt Kirchberg, das Ende des Ho- Tsi- Minh- Pfades, der Scheitelpunkt bei Gossliwil und so weiter.

Doch selbst hier, fast ist es mir peinlich zu sagen, ist meine Wahrheit anders als die Ankündigung der Erfahrenen. Ausgerechnet auf der 100 Kilometer Strecke denke ich nur an das eine, das ferneste Ziel. Ich begann eine Rückwärtsrechnung, wie ich sie sonst schon auf der Marathondistanz für einen tödlichen Anschlag auf die Psyche halte. Bei Kilometer 30 sagte ich mir: „Noch 70", und ich hielt es aus. Wahrscheinlich weil ich mir mangels Vorerfahrung kein Bild erstellen konnte von 70 Kilometern Lauf hielt ich es aus. Doch auch noch in Kirchberg auf dem Schragen vetrug ich den Gedanken „noch fast ein Marathon". Vom Marathon trage ich sehr wohl ein Bild in mir. Diese Strecke bin ich schon mehrmals gelaufen. Auch dem Bild vom noch fast verbliebenen Marathon hielt meine Psyche stand, weil sie fixiert war wie nie. Das Bild vom Zielkanal ist ganz klar das stärkste in meinen Sinnen. Die Sehnsucht nach diesem Symbol des fernen Ziels, des Gelingens des Abenteuers, der Erfüllung des Traumes ist übermächtig auf diesem Weg, wie sie es wohl selten sein können auf allen Läufen des Lebens. Deshalb strukturieren meine Gedanken die Strecke nicht. Sie wollen sie als Ganzes fressen.

Hoffentlich überfresse ich mich nicht noch an ihr.

56. Gedanke: Die Hochrechnung

Eine kleine gedankliche Brücke habe ich mir doch gebaut, um dem Wissen über die Qualen zwischen mir und dem fernen Ziel etwas von seiner Schwere zu nehmen. Schon auf dem Schragen von Kirchberg begann ich meinen Vorsprung auf den offiziellen Zielschluß hochzurechnen. Sieben Stunden war ich an diesem

Punkt unterwegs. 15 blieben mir, um im Ziel noch gewertet zu werden. 15 Stunden für 41 Kilometer, auf der gemütlichsten Wanderung bin ich schon schneller. Lange Pausen wären jetzt schon möglich, um trotzdem noch rechtzeitig zurück in Biel zu sein. Mit jedem Schritt nun, den ich im pausenlosen „trapp- trapp- trapp" zurücklege (wenn es auch in Wirklichkeit nach „traapp- traapp- traapp" klingt) wird diese Rechnung freundlicher. Mit jeder Kirchturmuhr, an der ich vorbeikomme macht sie mich zuversichtlicher. Natürlich hat diese Gleichung einen dicken Fehler. Würde ich tatsächlich bald so lange Pausen nötig haben, wären meine Muskeln danach noch lahmer, steifer und schmerzender als nach der Massagepause von Kirchberg. Sie wären kaputt, schlicht und einfach am Ende. Mein Sachverstand weiß um diesen Denkfehler bescheid. Doch auf den höre ich nicht mehr. Der seelische Trost einer Milchmädchenrechnung ist für einen 100 Kilometerläufer in der zweiten Hälfte des Weges viel wichtiger.

57. Gedanke: Landschaft

Der Weg hinauf nach Gossliwil führt das erste Mal auf den 100 Kilometern von Biel durch eine sehr konkrete Landschaft. Während der Nacht waren um uns herum nur athmosphärische Bilder ohne Hintergrund. Als es Tag wurde kämpfte ich mit dem Ho- Tsi- Minh- Pfad zwischen dichten Bäumen und dem geschwollenen, kalten Wasser der Emme. Nur selten gönnten uns Waldschneisen eine weitere Ausschau. Über solch eine Schneiße hinweg genoß mein Auge den Aufgang der Sonne. Manchmal nur tauchte weit im Hintergrund die durch den Dunst bedrohlich schwarz wirkende Kette des Jura auf. Meistens zerfraß aber der dichte Wald jeden Hintergrund. Jetzt endlich ist der Blick freier, atmender. Was ich sehe gefällt mir so wohl, wie den Kühen hier das fette Gras mundet. Auf ihren sattgrünen Weiden schauen sie so froh drein, als hätten sie soeben einen 100 Kilometerlauf erfolgreich beendet. Ihre braven, leichtzufriedenen Augen passen perfekt in diesen Landstrich voll gelungener Harmonie (komplizierte Dinge brauchen in Wirklichkeit nur Menschen um zufrieden zu sein). Diese Harmonie der Umgebung ist komponiert aus dem treffenden Zusammenspiel der feinen, sanften Hügel. Kein Flach- aber auch kein Steilstück unterbricht ihr Wellenspiel. Übermalt sind sie mit einem Licht von wärmsten Dunkelgelb. Es erinnert mich für einen Moment an die Straßenlampen zu Beginn meines Weges. Doch das hier ist warmes, ehrliches Licht, vom Schöpfer selbst für uns gesegnet. Mir, dem Tagmensch, ist es wohl in dieser natürlichen Beleuchtung. Obschon ich gerne eine Ebene hätte zwischen mir und Biel, gefällt mir das Bergländchen um Gossliwil. Ich mag seine friedsamen Weiden und Wälder. Müßte ich Erholungssuchende beraten, ich würde sie von nun an dort hin weißen. Ob es wohl all den Ländchen gleicht, die wir durchstreiften in der vorigen Nacht? Das interessiert mich sehr. Doch sind meine Träume nicht stark genug, um Nachtbilder im Nachhinein in Tagbilder übersetzen zu können. Das rätselhaftes Geheimnis gebliebene des nächtlichen Weges indessen ist ein wichtiges Element des Abenteuers.

58. Gedanke: Der Abzweig

Im Örtchen Gossliwil lassen sie uns die Wahl. Deutlich in übergroßen Lettern steht sie auf den Schildern dort oben: Ausstieg bei der Teilstreckenwertung Kilometer 82 links, oder Weiterweg ins ganz große Ziel drunten in Biel rechts. Für Matthias wird der Weg nach links gehen. Für ihn ist das in Ordnung, eine sichere Entscheidung des Verstandes. Ich darf nicht nach links, denn sehr wohl spüre ich die Reserven für den Rest des Weges in mir. Sie sind ein Segen und eine Last. Ich habe eine verdammte Pflicht, die Möglichkeit zu nutzen. Alles andere würde mir mein Gegenüber in allen Spiegeln meiner Welt niemals mehr verzeihen.

Oh ja, es wird noch schwer sein weiterzukommen, mitunter entsetzlich schwer. Trotzdem schultere ich die Last des Bewußtseins um diese Schwere meiner allernächsten Zukunft noch immer recht zuversichtlich. Der zielstrebige Schritt, mit dem ich nach rechts gehe, ist ein wohltuendes Zeichen. Fast verächtlich und trotzig zielt mein Blick nach links. Du kriegst mich nicht, nein, du kriegst mich nicht elendes Scheitern. Schick mir doch deine Boten, die Schwäche, die weichen Knie, den bohrenden, tiefen Schmerz, die Verzweiflung! Ich werde mit ihnen fertig, das schwöre ich dir. So weit bin ich gekommen, jetzt kannst du mich am Arsch lecken, du Aufgabe mit all deine faulen Lockungen. Hast du gesehen, was ich auf den Asphalt der Sträßchen nach Gossliwil gezaubert habe? Noch immer bin ich der Intervalltaktik des Vorabends gefolgt, schneller Fußmarsch am Berg, Laufschritt in der Ebene. Nun gut, da waren durchaus laut singende Schmerzen. Aber ich habe sie niedergekämpft, im Slalom durch sie hindurch sozusagen, bin ich angekommen in Gossliwil. Und so wird es weitergehen bis Biel.

Ein Teil des Optimismusses ist heraufbeschworen wider besseres Wissen. Die Qualen hinauf nach Gossliwil waren in Wirklichkeit ein Spiel gegen die des Weiterwegs nach Biel. Aber es ist mein verdammtes Recht, dies Wissen noch ein wenig zu verdrängen.

59. Gedanke: Der Hang

Noch einen Kilometer ungefähr führt das Sträßlein über die Höhe hinter Gossliwil. Diesen Kilometer tipple ich noch zufrieden einher. Doch dann kommt der Abhang, der mir Gefühle macht, die rabenschwarz sind, wie die Schatten des Juragebirges da hinten. Mein Leidensweg führt hinunter ins davorgelagerte Tal der Aare. Den steilen Berg durch diesen Wald hinunterlaufen, wo jeder Schritt wie ein Hammerschlag auf die von 83 Kilometer Lauf belasteten Muskeln wirkt, das tut weh, weh, weh, so unendlich weh, könnte ich doch nur richtig ausdrücken wie sehr. In meiner Verzweiflung will ich es mit den Empfindungen unter einem Zahnarztbohrer vergleichen. Doch das paßt nicht, das Weh in den Beinen „klingt", so könnte man es vielleicht sagen, anders als das in den Zähnen. Von der Intensität des Schmerzes her trifft meine Metapher aber ins Schwarze. Oh, könnte ich doch nur diese Zentren des Wehs da unten von mir

Strecken und auf dem Hintern laufen. Das geht natürlich nicht, gar nichts geht, was Linderung bringen könnte. Keine Taktik, kein Trick hilft mir, die frontale Konfrontation mit dieser brutalen Wahrheit zu dämpfen. Rennen tut weh, Gehen tut weh, Stehenbleiben und wieder Antreten tut sogar am Wehesten. Kein Trost ist in Sicht. Oder doch? Da vorne rechts der Kirchturm. Der Wald hat aufgehört und über eine Wiese sehe ich seine Spitze. An der Kirche muß doch dieser Hang ein Ende haben, so hoffe ich. Von wegen! Er führt am Kirchturm vorbei zwischen Häusern hindurch, wo er sogar noch steiler wird. Er geht weiter und weiter, der Gemeine, der Hinterfotzige, der Beschissene, der Verdammte. Mein ganzes Repertoir an Flüchen werde ich ihm noch widmen. Helfen tun sie nichts. Arch heißt dieser Platz des Schmerzes. Den Ortsnamen werde ich nie mehr vergessen.

Schließlich schaffe ich es, dort den Talgrund zu erreichen. Man wird mich nicht mehr fragen können, wie ich das gemacht habe. Den riesigen Rucksack voll Muskelschmerz aber, den mir dieser Abhang auflud, werde ich weiter zu tragen haben. Noch 15 Kilometer bis Biel. Werde ich ihn so weit noch schleppen können?

60. Gedanke: Der innere Kampf

Für Selbstmitleid ist hier kein Platz, ich weiß es, ich weiß es. Ich selbst habe mir das hier ausgesucht, ich ganz alleine. Also jammere nicht! Und doch wäre ich so froh, wenn es zu Ende wäre. Alles, alles würde ich dafür geben, diesem unaussprechlichen Weh in den Beinen ein Ende zu machen. Wirklich alles? Nein, nicht meinen großen Traum, nicht mein fernes Ziel. Die große Sinnkrise hat mir der schwere Rucksack voll Schmerz noch nicht gemacht. Noch zweifle ich nicht an meinen ersten drei Gedanken um diese 100 Kilometer von Biel: Abenteuer, Traum und fernes Ziel. Aber wenn mich nun selbst die quälende, eigentlich so dämliche Frage nach dem „warum?" umzutreiben begänne, kämen die drei in große Gefahr. Noch weiß ich, der Schmerz ist ein legitimer Preis des Abenteuers. Was aber ist, wenn ich nicht liguide sein sollte an Willenskraft, um ihn voll zu bezahlen? Wenn du auch nicht zweifelst, verzweifeln kannst du trotzdem.

61 Gedanke: Ein Partner

Schon ist mir eine Ahnung gekommen, wie egal dir andere Menschen sind, wenn du darauf fixiert bist, daß es dir nicht gut geht. Deshalb weiß ich auch nicht mehr recht, wo der Mann hergekommen ist, der jetzt neben mir trabt. Wir laufen nun zusammen über die nicht unbeeindruckende Pylonenbrücke über die Aare. Über Gott und die Welt unterhalten wir uns, am wenigsten noch übers Laufen. Ich erzähle ihm sogar ein bißchen aus dem Altenheim. Was meinen Sinnen nicht gelang, das gelingt wenigstens für einige Zeit im Gespräch mit ihm. Meine Gedanken gehen schweifen nach ganz wo anders. Darüber vergeht ein Stück Weg auf verhältnismäßig angenehme Art. Es ist eine kurze, brauchbare Partnerschaft im Vorfeld des letzten Kampfes, wo ich ganz brutal mir selbst der nächste sein werde.

62. Gedanke: Intervalle, die kürzer werden

Mein Partner und ich mache Intervalle, gehen- laufen- gehen- laufen. Nach 85 Kilometern ist es das erste Mal, daß ich Gehintervalle in der Ebene nötig habe. Er war zu erwarten dieser Umstand, doch macht er mir Sorge, denn ich weiß genau, er ist ein Zeichen des ganz verzweifelten Kampfes gegen die Schwäche. Von uns beiden bin ich es, der die Intervalle im Vorhinein angibt. Das Bestimmende liegt gar nicht in meinem Naturell. Dennoch sehr bestimmt sage ich vor dem Laufintervall: „Bis zu diesem Baukran und nicht weiter." Ich überdecke damit ihm gegenüber die Schwäche. Er hätte in diesem Moment noch längere Laufintervalle drauf. Das spüre ich ganz deutlich. Würde ich mich jetzt mitreisen lassen vom Rhythmus des Stärkeren, könnte dies schon nach wenigen hundert Metern vollends das Aus sein. Irgendwann werden ihm meine Vorgaben zu kurz. Er trabt davon. „An der nächsten Verpflegung sehen wir uns wieder," ruft er mir noch zu. Es ist nett, daß er mir Mut machen will. Dabei weiß er vielleicht so genau wie ich, daß wir uns wahrscheinlich nicht wiedersehen werden. Die Schwäche, die sich mit den Zentren des Schmerzes in den Beinmuskeln verwebt, wird stärker und stärker. Die Besorgnis macht mir den Magen flau.

63. Gedanke: Kilometer 90

Schade, schade, ich bin nicht mehr in der Stimmung, mir die Wirkung der Zahl auf der Zunge zergehen zu lassen. Neunzig, man sollte das Wort in die Länge ziehen, für die es steht. 90 Kilometer bin ich jetzt gelaufen seit gestern Abend. Es ist kaum mehr nachzuvollziehen. Genauso schwer vorzustellen aber ist es, wie ich jetzt noch die restlichen zehn Kilometer bis zum Ziel zurücklegen kann. Helfen dabei wird der Verpflegungsstand zwischen Betonmischern und Kränen. Der Weiterweg von Kilometer 90 ab kündigt sich auch optisch als sehr unschön an.
Ich brauche unbedingt diesen Riegel, der mir die flaue Schwäche aus den Knien zaubern soll. Isostar heißt er, wie das Getränk, das ich die ganze Nacht in mich hineinschüttete, wie ich nur konnte. Isostar war wichtig. Ohne die Mineralien darin kannst du diesen weiten Weg kaum überstehen. Doch jetzt droht mir auch noch übel zu werden von dem pappsüßen Zeug. Alle Probleme, die meine Phantasie zu finden fähig wäre und vielleicht noch mehr davon scheinen auf dem letzten Zehntel der 100 Kilometer von Biel zu liegen.

64. Gedanke: Die Autobahnbaustelle

Das Ding unter unseren Beinen und vor unserem nun fast ebenso gequälten Augen ist eine Wüste. Jawohl, so schlimm ist es, als hätte man uns die Gobi oder die Sahara vor die Füße geworfen. Sie bauen eine neue Autobahn durch das Tal der Aare. Noch ist sie ein breites, unbelebtes Band aus Beton und Schotter.

Die Luft flimmert darüber. Sie ist nicht besonders warm geworden an diesem Morgen, aber sie ist doch drückend. Ihre Schwüle wirft die Steinwüste der neuen Autobahn um ein Mehrfaches zurück. Mitten dort drüber führen sie den legendären Lauf von Biel. Es erscheint uns als Wahnwitz. Nie, auch nicht als frischer Läufer, der gerade eine gemütliche Morgenrunde begonnen hat, könntest du dich da zuhause fühlen. Die ewig lange, sechsspurig breite Optik läßt uns unseren Fortschritt nicht erkennen. Mit qualvoll schmerzenden Beinen meinen wir auf der Stelle zu trampeln. Wir verfluchen dieses Stück Weg mindestens so gewaltig wie zuvor den Abhang von Arch.

Bis hierher konnte ich tatsächlich allein vom Gedanken ans ferne Ziel leben. Jetzt muß ich mir doch ein Nahziel setzen. „Bis zu dieser Brücke," beschwöre ich mich. „Sei schön tapfer und laufe bis zu dieser Brücke! Da ist wieder ein Kilometer geschafft. Hörst du? Ein ganzer Kilometer. Dann darfst du auch den ganzen nächsten Kilometer nur gehen."

Ich bin so tapfer und laufe bis zu dieser Brücke. Doch mit dem Kilometer Gehintervall ist's Essig danach. Es wird ein Gehintervall bis zum Ende werden. Es ist Schluß mit laufen. Die Schmerzen lassen es schlicht nicht mehr zu.

65. Gedanke: Angst

Ich kann es guten Gewissens beschwören: Noch keine Sekunde wollte ich bislang aufgeben. Was du aber nicht tun willst, das wirst du manchmal tun müssen.

Mächtig ist noch immer der Wunsch nach dem fernen Ziel, dem erfüllten Traum, dem gelungenen Abenteuer. Die Begriffe sind mir weiterhin nicht vergessen. Jetzt, jetzt, nur jetzt sind sie zu erreichen. Ein Aufschub aufs nächste Jahr oder auf unbestimmte Zeit wäre eine Erleichterung für den Moment, aber eine üble, bitter schmeckende Wahrheit, der Beginn eines bösartigen Streites mit mir selbst, den ich vielleicht für ein Leben lang nicht auflösen könnte. Bei jedem neuen Start hier in Biel käme ich wieder an diese Schwelle zwischen Glück und Bitternis. Irgendwann muß ich sie überwinden.

Tu es jetzt! Ich muß auftauchen, immer wieder auftauchen aus den Wellen des Schmerzes. Was jedoch wäre, wenn mir das Weh die Sinne verdreht, damit ich die Oberfläche nicht mehr finden kann? Was wäre, wenn die große Schwäche kommt und mir einfach die Beine wegzieht? Was wäre, wenn ich verzweifle? Man kann leicht verzweifeln in dieser Phase eines Laufes, einfach daran, wie kurz die Schritte sind und wie weit noch der Weg. Noch mehr Fragesätze, die mit „was wäre wenn...?" beginnen, würden passen auf meine Situation. Doch ich will im Moment nur diese drei ergänzen. Alle Phantasie der Welt vermag nicht auszumahlen, was jetzt noch passieren kann. Und ich lief noch nie zuvor über die 50 Kilometer hinaus, also kann ich's mit der Erfahrung, die vom nüchternen Verstand geprägt ist erst recht nicht wissen. Meine Berechnung des Weges bis zum Ziel hat ganz unvermeidlich eine Unbekannte. Diese Unbekannte muß wie eine Mauer da vorne auf der Strecke stehen. Wird mein lächerlicher Rest an Schwung reichen, um da hindurchzulaufen? Die

Ungewissheit macht mir große Angst. Sie äußert sich in ganz natürlicher Fluchtreaktion diese Angst. Jawohl, fliehen will ich in die Gewissheit, ins Ziel. Aber gerade davor, dies nicht mehr zu können, habe ich ja Angst. Es ist ein Teufelskreis, den es zu durchbrechen gilt. Noch weiß ich nicht, wie ich ihn durchbrechen kann.

66. Gedanke: Ein Bild aus der Heimat

Bei Kilometer 30 konnte ich denken: „Noch 70." Der Gedanke belastete mich nicht, denn für siebzig Kilometer hatte ich kein Bild. In Kirchberg dachte ich: „Noch fast Marathon." Für einen Marathon hatte ich ein Bild in mir. Überraschender Weiße konnte ich mit der Vorstellung leben. Jetzt liegen noch knappe neun Kilometer vor mir, und der Gedanke an diese so leichte, weil einstellige Zahl macht mich schier verrückt. Ich denke: „Noch so weit wie der Bundeswanderweg." Gemeint ist ein beliebter Rad- und Wanderweg im Siebenmühlental nahe Stuttgart. Dort um die Ecke bin ich aufgewachsen. Diesen Weg radelte oder lief ich ungezählte Male. Er ist mir ein vertrautes, deutliches Bild, auch weil er sich mir zur Jugendzeit eingeprägt hat. Seine Länge zwischen Musberg und Glashütte ist – neun Kilometer. Dieser Vergleich ist es, der mich der Verzweiflung nahe bringt. „Oh Gott, oh Gott, es ist noch so weit wie der Bundeswanderweg. So viele Schritte sind zu tun. Bei jedem einzelnen kann die Hoffnung, die du dir mit der bisherigen Leistung von 91 Kilometern aufgebaut hast, vom Tisch gewischt werden. Du hast es verdient dein großes Ziel, ganz ohne Zweifel. Doch wer fragt danach? An der Länge des Bundeswanderweges kannst du in meinem Zustand noch tausendmal scheitern." Lange brauche ich, den Gedanken an dies tödliche Symbol in mir zu löschen. Ich muß die Bieler Strecke jetzt wieder in ihren Einzelheiten aufnehmen, Bild für Bild, Aufgabe für Aufgabe, wie sie vor mir erscheinen. Bald, und das ist ein Segen, sind diese Bilder nicht mehr potthäßlich. Die ungeborene Autobahn entschwindet unter uns in einen Tunnel, quält nicht mehr unsere Gelenke und Gedanken.

67. Gedanke: Der gute Wanderer

Ein Flämmchen Stolz muß noch brennen in mir. Nicht einmal dieses eitelste aller Gefühle ist in der Not so ganz zerfressen. Es veranlaßt mich zu einigen schüchternen Versuchen nochmals in Laufschritt zu fallen. Nach lächerlich wenigen Metern gebe ich sie auf. Pfeifend atme ich dabei durch die Zähne. Es geht nicht mehr, kein Mensch könnte das wohl noch aushalten so. Für den Moment verletzt es mein Flämmchen Stolz, hier gehen zu müssen. Dabei war fest damit zu rechnen, daß es dazu kommt. Die meisten anderen gehen auch. Und im Gehen bin ich nicht der Langsamste.
Den Satz lasse ich so einfach durch meine Gedanken ziehen: „Im Gehen bin ich nicht der Langsamste." Schon ist er fast vorbeigeflossen. Doch halt! Ich muß ihn zurückholen. Er kann tatsächlich schon die Lösung all meiner Sorgen enthalten. Meine jetzige Situation ist folgende: In schrecklich müdem Zustand wandere ich vor mich hin nach ungewissem Ziel. Wie oft habe ich das schon getan auf

meinen vielen Mehrtageswanderungen. Erschöpft und abgerissen irrte ich von Ort zu Ort, um endlich ein freies Zimmer in einem Gasthof zu finden. Oft war ich durchfroren dabei, denn es war Winter. Na also, ganz ähnliche Zustände wie den jetzigen kenne ich doch schon. Der großen Unbekannten in meiner Rechnung kann ich eine Bekannte entgegensetzen. Vorzeichen darin ist ein Plus. Denn als Wanderer bin ich doch stark. Immer war ich stark als Wanderer. Das kann die Lösung sein. Schritt für Schritt spüre ich, wie sich meine Angst verflüchtigt.

An der Bahnhofsuhr Pieterlen (da ist die vorletzte Verpflegung bei Kilometer 93,5) lese ich ab, daß ich bislang 11 Stunden 25 Minuten unterwegs bin. Eine Endzeit von unter 13 Stunden kann ich mir gut erwandern. Die Endzeit aber war gerade noch schnurzpiepegal. Jetzt ist sie es nicht mehr ganz. Mein Wandererstolz hat jetzt den fast kaputtgegangenen Läuferstolz ersetzt.

68. Gedanke: Die letzte Verpflegung

Noch einmal trinken, kräftig Mineraltrunk, auch wenn mir fast übel ist davon. Das tut jetzt kaum mehr etwas zur Sache. Essen mag ich nicht mehr und muß es endlich auch nicht mehr tun. Nicht einmal der Hungerast würde mich jetzt noch bremsen. Mein schmerzhaftes Körpergefühl wird sehr leicht übertüncht von der galoppierend freudsamen Emotion: „Ich hab's geschafft." Jawohl, meine Rechnung mit der Bekannten wird aufgehen. Mit jedem Schritt seit Pieterlen bin ich mir darin sicherer geworden. Mit der Sicherheit fand ich auch meinen Humor wieder. Auch jetzt muß er nicht an seinem Tiefgang gemessen werden. Ich mute halt den Leuten am Verpflegungsposten zu, mich kurz einmal aufzubocken und mir neue Beine anzuschrauben. Dabei hatte mir's unterwegs hinsichtlich solcher Blödeleien ganz gottsmillionisch die Sprache verschlagen. Das war in der Krise nach dem Abhang von Arch. Wie weit ist sie schon zurück? Ganz plötzlich konnte ich ihren Krampf lösen. Der Kopf fand zuerst eine Lösung, daraufhin zog der ach so geschundene Körper mit. Der Kopf ist absoluter Herr des Körpers. Die Tatsache scheint so einfach und normal, damit eigentlich keiner sich dermaßen schinden müßte, sie zu entdecken. Aber nein, ich weiß jetzt: Diese Wahrheit so intensiv an der Schwelle meiner körperlichen Fähigkeiten zu erleben, das ist faszinierend neu. Sie ist die einfache und doch so schwer zu erlangende Formel zum Sieg, welchen sie gebetsmühlenhaft oft und doch mit vollem Recht den größten nennen – den Sieg über sich selbst. Und den erlief niemals ein Theoretiker. Mein aber wird er sein. Da vorne muß ich bald Sicht auf Biel bekommen.

69. Gedanke: Das Dach des Eisstadions

Sicht auf Biel! Endlich Sicht auf Biel! Nicht den kleinsten Dämpfer kann die nüchterne Vorstadt da vorne meiner unbegrenzten Vorfreude setzen. Viel eintöniger schaut sie drein, als gestern Abend im warmen Licht der Straßenlaternen, von denen ich meinte, meine Aufregung allein könne sie flackern lassen. Die Angst zu scheitern, wirklich – ich mußte sie fast 100

Kilometer mit mir herumtragen. Nun aber ist sie fort, die Ungewißheit. Dieser Weg trägt schon die Zeichen des Abenteuers nicht mehr. Aber ganz traumhaft sicher führt er ans ferne Ziel. Die gezackte Dachkonstruktion gehört zum Eisstadion von Biel. „Ist's rechts davon oder links davon?" Dies lächerlich kleine Rätsel ist von allen Rätseln der Nacht und des anbrechenden Tages noch über. Die Lösung ist völlig egal. Meine Beine sind zwar fürchterliche Auabeine, aber sie werden mich sicher da noch hinbringen. Den Ausdruck „Auabein" habe ich von einer Pflegeheimbewohnerin gelernt. So jemand kann dir tatsächlich hin und wieder beibringen schmerzhaft schwere Zustände mit Humor zu tragen. Doch auch jetzt soll noch nicht die Rede vom Altenheim sein – erst wenn ich da vorne die Linie überlaufen habe.

70. Gedanke: Der letzte Kilometer

In gnadenloser Euphorie blase ich eine Kußhand hinüber zu dem Schild. Van Gogh oder Monet hätten keines malen können, das ich für schöner befinden würde momentan. Dabei steht nur nüchterne Schrift darauf: 100 Kilometer Biel – 1 Kilometer Finish. Es steht hiermit 99 zu eins für mich. Der Vorsprung ist uneinholbar. Fast als möchte ich den kleinen Rest verhöhnen mache ich nun mit diesem Kilometer, was ich mit der großen Strecke überraschender Weise so selten tat: ich strukturiere ihn in Nahziele. Die Fähnlein am Wegrand sind wunderbar geeignet dazu, beim englischen noch 500 Meter beim französischen noch 300 Meter, so ungefähr denke ich das durch. Mein Kopf und meine Brust werden leichter und leichter dabei.

71. Gedanke: Sanitäter

Nun ja, geben wir's zu. Nicht alles ist leichter geworden seit ich meiner Sache sicher bin. Namentlich mit dem Schmerz in den Beinen ist es auch in der euphorischten Phase ein Elend. Und das wird auch noch in den nächsten Stunden nach dem großen Lauf so bleiben. Sogar Sanitäter werde ich brauchen im Ziel. Nicht gegen Ermattung, nicht gegen Kreislaufschwäche müssen sie mir helfen – Gott sei Dank nicht. Für neue Beweglichkeit der Beine werde ich professionelle Hilfe nötig haben. Ohne Magnesium werde ich mit ihnen nicht mehr zum Bus kommen und vom Bus nicht mehr ins Hotel, ganz unmöglich würde dies sein. Nur nach einer Magnesiumkur werden sie mich wieder tragen hinter dem Ziel. Warum nur tragen sie mich dann jetzt? Und warum bin ich so sicher, daß sie's die letzten paar Meter auch noch tun werden? Sie tragen mich, weil ich es unbedingt so will. Und genau deshalb tun sie es seit nahezu 100 Kilometern. Was könnte noch faszinierender sein?

72. Gedanke: Laufschritt

Noch ein Fußballfeld ist an seiner schmalen Kopfseite zu überqueren, dann kommt der Zielkanal. Bislang führte der Weg über freies Feld, wo noch kaum ein Zuschauer stand. Hinter dem Eisstadion aber werden welche sein. Deshalb muß der Bursche, der meint sich im Ziel nur mit Magnesiumtabletten noch bewegen zu können, nun tatsächlich noch einmal vom Geh- in den Laufschritt fallen, und tut es auch noch so weh. Hei du liebe Eitelkeit, mancherzeit behaupte ich, du seist mir fremd. „Trapp- trapp- trapp?" - werde ich den Klang sogar noch einmal so hinbekommen wie gestern Abend, als wir in die schier unendliche Lichterbahn liefen? Oh nein, jetzt tönt es wahrhaft tausendfach schleppender. Doch was macht's, das Publikum wird es nicht unterscheiden können. Beim ersten Antritt fährt mir der Krampf in beide Oberschenkelrückseiten. Ich erkenne ihn am elektrischen Zucken und an der Hitze im Muskel. Schmerz – obschon er vollends abartig sein müßte – fühle ich keinen mehr. Irgendwelche Hormone müssen ihn überdecken. Zu analysieren welche habe ich keine Lust.

73. Gedanke: Der Überholende

Auf dem Rasen des Fußballfeldes zieht ein Läufer an mir vorbei. Seine Beine sind einfach noch schneller beweglich als meine. Der Überholvorgang scheint ihm von großer Wichtigkeit zu sein, denn er stößt ein leicht drohendes „den krieg ich noch!" aus. Mir ist es ganz egal, ob der mich kriegt. Darin bin ich nicht eitel, ganz ehrlich. Mir ist nur eines wichtig: „Lauf zu, wenn du kannst," denke ich, „aber richtig schnell, damit du aus dem Bild kommst!" Ich will den Auftritt da vorne alleine haben. Da ist er wieder, der Egoismus, den mir die große Krise während des Laufes lehrte. Zwischendurch, da ich glücklich und siegessicher war, hatte ich ihn wieder abgelegt. Da nahm ich die anderen wieder wahr, die keine Läufermasse mehr sondern einzeln und erschöpft dahintröpfelnde Gestalten waren. Ich redete mit einem, der zurückfiel, weil sein Knie weh tat, machte ihm Mut, klatschte mit dem nächsten lachend ab, der tatsächlich noch ganz locker an mir vorbeitrabte. Dennoch: Im Grunde ist der Mensch allein. Das würde ich nach dem Lauf von Biel noch mehr behaupten als zuvor. Doch die Einsamkeit dort, sie schmerzt nicht sehr.
Am Start hätte ich mir vorstellen können, mit einem das Zielerlebnis zu teilen, mit dem ich davor auch die Leiden teilte. Besonders mit Matthias wäre mir das lieb gewesen. Jetzt denke ich da anders. Da vorne im Zielkanal möchte ich allein sein, ganz allein.

74. Gedanke: Der Zielkanal

Da ist der Streifen Asphalt, der trichterförmig zwischen den Absperrgittern und Werbebanden auf die alles entscheidende Bandarole zuführt. „Ziel" – das Wort darauf ist wie ein Schrei. An diesem Ort klingt er auf französisch noch einmal nach „Arrivee". Nicht nur die Menschen rechts und links erfüllen das tote Eisen und Plastikgestell mit Leben. Auch noch jenes Leben ist in ihm, das ihm alleine meine Gedanken einhauchten, die es vorgestern Abend zum Symbol machten für die wichtigsten Begriffe, die ich mit dem großen Lauf verband. Abenteuer, Traum und fernes Ziel. Noch liegen ein paar Schritte vor mir, bis sie entgültig wahr geworden sind. Diese Schritte sind mir sicher. Was mich jetzt noch scheitern lassen könnte, etwa ein Erdebeben oder ein Verbrechen, ist so brutal, damit ich es noch nie erlebt habe, es mir auch nicht ausmalen kann und somit auch keinen Gedanken verschwende daran. Das tragende Gefühl absoluter Sicherheit, wie es mich hier überkommt, genießt du nur ganz selten im Leben. Kaum wahrzuhaben ist es, und doch muß ich es erfassen, um die Freude bis zum letzten Schluck austrinken zu können. Vor mir ist das Bild, mit dem ich eins war, wie mit noch keinem. 100 Kilometer bin ich ihm jetzt nachgelaufen. Auch in den schlimmsten Momenten verlor ich es dabei nie ganz aus den Augenwinkeln meiner Seele.

75. Gedanke: Emotionen, die nach außen gehen

Es ist nicht mehr die große Masse von Leuten, wie sie uns gestern aus Biel verabschiedet hat, die jetzt noch an diesen Absperrgittern steht. Der diesjährige Sieger der 100 Kilometer von Biel – so gegen fünf Uhr wird er schon eingelaufen sein – hatte sicher mehr Publikum. Inzwischen ist es nach zehn Uhr, und die hier stehen haben auch auf mich noch gewartet. Ich will ihr aller Freund sein. Wie aber würden sie reagieren auf meine Emotionen, die Freude, die Erleichterung, wenn ich sie herausschreie, wie ich es gerne tun will. Begreifen sie lauten Jubel noch bei einem, der fünf Stunden später kommt? Gerade ist mir der Beifall etwas zu höflich. Vorsichtig tastend, und doch sieht es aus wie eine Siegesgeste, hebe ich den rechten Arm. Siehe! Sie jubeln freudig, beinahe dankbar für das kleine Freudenszeichen zurück. Sie wollen so etwas sehen. Also heraus mit den Gefühlen! Weg mit jeder falschen, schüchternen Scham! Wenn du nicht all deine Emotionen nach außen bringst, verschüttest du etwas aus deinem Freudenbecher. Und so einen wohlschmeckenden bekommst du nicht oft gereicht. Darum enden meine 100 Kilometer von Biel mit einem Freudentänzchen, bei dem nur die Arme noch mittun können. Die schweren Beine werden lange nicht mehr tanzen können.

76. Gedanke: Im Ziel

Hier ist die Linie. Der Zeitmeßchip piepst, was ich im allgemeinen Durcheinander von Lautsprechern und sonstigen Stimmen noch höre. Es ist registriert, es ist zementiert. Der erfolgreichste Sporttag vielleicht meines ganzen Lebens ist vollkommen. Ich darf tun, wonach die gequälten Beine schreien. Den Schmerzen, der Müdigkeit, der Erschöpfung werde ich nachgeben. Ich darf es tun, weil ich ins Ziel gekommen bin bevor ich es tun mußte. Auch das ist eine Formel des Erfolges.
Man sagt, Sportler am Ziel ihrer Wünsche wüßten nicht recht, wo sie sind, und was geschehen ist. Tage bräuchten sie, um das begreifen zu können. Mir geht es anders. Zwar wirbelt das Glücksgefühl wie ein Strudel um mich herum, doch ich habe Orientierung darin. Ich weiß, wo ich bin – an meinem fernen Ziel. Der Weg dahin war seit einigen Kilometern kaum ein Abenteuer mehr. Auch der Traum ist nicht mehr Traum sondern Wahrheit. Mag diese Wahrheit selbst hier ein wenig nüchterner sein als der Traum es war. Sie schmeckt trotzdem zuckersüß. Ich lief die legendären 100 Kilometer von Biel.

Und jetzt am Zieleinlauf muß ich erzählen, was ich aus meiner Erfahrung als Altenpfleger preisgeben will. Es ist kurz und schlicht. Aber auch da mußte ich einen langen Weg gehen, um es überzeugend zu lernen: Weißt du, Menschen beim Sterben zu erleben, das ist weniger schlimm als viele meinen. Mitunter würde ich sogar so weit gehen, zu sagen, es ist gar nicht schlimm. Sterblichkeit ist Voraussetzung funktionierenden Lebens. Eine Gesellschaft, die es zum Tabu macht begeht einen üblen Lebensfehler. Schlimm dagegen, und hierfür fand ich noch nie einen Trost, ist es, Menschen hilflos in Krankheit oder Alter zu sehen, die nicht einmal solche Erfüllung erlebten, wie ich sie am Ziel von Biel empfinde. Dies ist im Gegensatz zum Tod als solchen wirklich oft kaum zu ertragen. Am Ende wird der innere Reichtum zählen, nicht der äußere. Das ist keine Phrase. Der es hier ließt erfährt es aus nicht unberufenem Munde. Seit ich mit 17 Jahren zum ersten mal ein Altenheim erlebte, ist jede Fahrradtour, jeder Fußmarsch, jeder Waldlauf genaugenommen eine Flucht vor solchem Unerfülltsein. Träumen kann ich von Natur, und die meisten meiner Träume handeln von Wegen von A nach B, Wegen aus eigener Kraft. Das Altenheim gab mir Kraft, sie mit Leben, mit Wahrheit zu erfüllen. Die 100 Kilometer von Biel sind vielleicht meine bisher gelungenste Flucht vor dem Unerfülltsein. Noch nie schnitt ich innerhalb eines einzigen Tages so viel heraus vom Kuchen der Erfüllung.

77. Gedanke: Wonneschauer

Die Gänsehäute, die mir den Rücken herunterlaufen sind schöner wie ... Jeder mag den Satz selber fortsetzen in seiner Phantasie. Sicher sind unser aller Phantasien da sehr ähnlich. Aber nur in diesem Fall sind sie sich ähnlich. Ansonsten sind Phantasien so verschieden, so vielfältig nur ein Ding sein kann auf Erden. Bunter sind sie als jedes Farbenspiel dieser Welt. Die Phantasie eines anderen wirst du nie kopieren können, individueller, charaktervoller noch als sein Fingerabdruck ist sie. Ein Kennzeichen meiner Phantasie ist ihre Kindlichkeit. Wie sonst nur hätte ich das Ende dieses Laufs so emotional erleben können. Kindliche Phantasie ließ mich auf vielen meiner Waldläufe die Szene vorher durchspielen, wie ich sie mir vorstellte: Zieleinlauf in Biel. Hat mich dabei einer gesehen, so beglückt durch den Wald rennen, er könnte mich für übergeschnappt gehalten haben. Aber das ist egal. Nun habe ich die Szene in mir als nüchternere aber zuckersüße Wahrheit. Meine kindliche Phantasie wird sie nachbereiten, während gelungener Momente, da die Sinne bereit sind, in die Seele zu tauchen und dort nach bereichernden, glücklichen Augenblicken zu suchen. Hin und wieder werde ich dabei den Augenblick von Biel finden. Dann werden diese unerhört schönen Wonneschauer wiederkommen. Mit der Zeit werden sie schwächer sein an Häufigkeit und Wucht. Ganz versiegen aber werden sie vielleicht erst, wenn auch mein Herz aufhört zu schlagen. Die Hoffnung darauf ist kühn, ganz unberechtigt ist sie nicht.

78. Gedanke: Stolz

„Ihren Chip bitte!" sagt der Mann hinter der Ziellinie. Er meint den im Schnürsenkel eingefädelten Zeitmeßchip. Ich grinse schmerzlich und freudig. „„Sie meinen ich kann mich noch bücken?" Der Mann scheint gut zu wissen, wie sich 100 Kilometer Läufer im Ziel fühlen. „Wenn sie wollen, mache ich ihn ab." Das ist sehr nett von ihm, aber er wird es nicht tun müssen. In mir beginnt etwas zu brodeln, was einen Menschen, der mir den Schuh öffnet wie einem kleinen Kind, nicht haben kann. Stöhnend lasse ich mich auf den Boden fallen und beginne am Schnürsenkel zu nesteln. Der Mann lacht jetzt. „Hier ist auch eine Bank." Tatsächlich, fast direkt vor mir steht eine hölzerne Turnhallenbank. Ein paar erschöpfte Laufkammeraden sitzen darauf. In meiner sinntrübenden Mischung aus Müdigkeit und Euphorie habe ich sie völlig übersehen. Jetzt will ich da hoch, was gar nicht so leicht fällt, wenn man einmal von universalem Weh geplagt am Boden liegt. Ich klettere auf die Bank ohne, daß mir einer hilft. Es brodelt in mir. Ich kann das alleine. Bald werde ich in die Eishalle gehen und meine Medallie holen. Die Treppen werde ich vorwärts hinuntergehen und lachen dabei über die Erinnerung an meinen ersten Marathon, nach dem ich nur noch rückwärts die Treppen hinunterkam wegen der Pein in den Muskeln. Ins Festzelt werde ich gehen, mir etwas zu essen holen. Zum Bus werde ich gehen, vom Bus ins Hotel werde ich ebenfalls gehen. Hat irgendwann einer gemeint, er könne dies nur noch mit Hilfe von Sanitätern, die ihm Magnesium verabreichen? Den Burschen muß es tatsächlich gegeben haben dort auf den Feldern, wo der letzte Kilometer verläuft. Doch das scheint schon lange her zu sein. Da draußen trug mich der Wille. Jetzt trägt mich das Ding, das brodelt in mir. Der Stolz ist es. Oh ja, Stolz ist ein sehr menschlich eitles Ding. Er ist nicht besonders schön. Im Moment aber mag ich meinen Stolz.

79. Gedanke: Die Medallie

Schlicht und schön ist das Souvenir gehalten, mit dem mein Stolz Gestalt annimmt. 100 Kilometer Biel/Bienne – mehr steht nicht darauf. Mehr muß auch nicht daraufstehen. Diese Medallie bekommt im Gegensatz zum Finisher T-Shirt nicht jeder, der den Kaufpreis dafür auf den Tisch legt. Sie händigen sie nur aus, wenn du deine Startnummer mit dem Stempel vom Zieleinlauf zeigen kannst. Das macht sie so wertvoll. Als Symbol des Erfolges ist ihr individueller Preis kaum zu ermessen. Nie habe ich an den Blödsinn von Talismännern und anderem Hokuspokus geglaubt. Trotzdem – sollte ich tatsächlich mit dem Rad nach Hause fahren, werde ich sie mir dabei um den Hals hängen. Immer, wenn ich unter dem Trikot nach ihr greife, wird sie mir Stärke verleihen. Ich glaube, es gibt natürliche, psychologische Gedankengänge, dies zu erklären, aber – hoffentlich darf man es zugeben – ich habe keine Lust, sie auszuloten und zu formulieren. Es wird einfach so sein in meinem Gefühl und es wird mir wohl tun.

80. Gedanke „La ola" am Pommesstand

Ausgerechnet auf eine Ladung Pommes frites habe ich Appetit nach dem Lauf. Im Festzelt bedeuten sie mir aber, es dauere einige Minuten bis neue gebraten seien. „Moment," sage ich, „da muß ich mich seeeetzen." Aua, diese Oberschenkel. Am Pommesstand lachen sie. Dann haben sie mein Mal fertig gebraten. „Moment," sage ich wieder, „ich werde aufsteeehen." Hinterm Tresen habein sie sich aufgereiht. Ein letztes Mal hier in Biel machen sie für mich „la ola", die Welle. Mit lautem „Uuuoh" werfen sie die Arme in die Höhe. Als auch ich glücklich und stöhnend nach oben gekommen bin, jubeln sie, als stünden sie bei einem Match drüben im Eisstadion, und ich hätte soeben ein Tor geschossen. Mit dem Vorurteil, in der Schweiz hätten sie wenig Humor, ist es entgültig vorbei in mir.

81. Gedanke: Die anderen Läufer

Manchmal habe ich sie wahrgenommen in ihrer Masse, manchmal als Einzelpersonen für einen kleinen Plausch. Auf den ersten dreißig Kilometern war ein Kammerad an meiner Seite, mit dem ich auch sonst befreundet bin. Aber auch zum Thema Kammeradschaft ist manche romantische Vorstellung in mir einer sehr nüchtern schmeckenden Wahrheit gewichen. In der großen Krise nach dem Abhang (fast wäre mir ein Tipfehler unterlaufen, der da hieß: Abgrund) von Arch waren mir die anderen scheißegal. Wahrlich waren sie mir keine Konkurrenten auf der ganzen Strecke, was mir wichtig ist, weil sich hier jeder als Sieger fühlen darf, der ins Ziel läuft. Aber dort im Ziel wollte ich meinen persönlichen Sieg nicht teilen. Keiner sollte an meiner Seite sein. Meine Schmerzen, meine Angst vor dem Scheitern hatten mich eine Zeit lang zum brutalen Egoisten gemacht.

Jetzt hier im Festzelt ist es so, als wollten wir unseren verdammten Egoismus von da draußen übertünchen durch Offenheit und Gesprächigkeit. Jeder bespricht sein Abenteuer mit jedem, und jeder nimmt banalste Details so wichtig, wie der andere sie macht. Wirklich wichtig aber ist nur eines in unseren Gesprächen. Noch mit hell und frisch schmerzenden Beinen schmieden wir neue Pläne, sprechen vom Albmarathon, vom Rennsteiglauf, von verschiedenen Stadtmarathons. Ein Erfolg, der dich mit einem Schlag vollkommen lebenssatt macht, kann schon sein wie ein kleiner Tod. Er hat uns nicht ereilt.

82. Gedanke: Das Wiedersehen im Hotel

Wie's ihm wohl jetzt geht? Hat er viel gelitten auf den letzten Kilometern zu seiner Teilstreckenwertung oben in Gossliwil. Im Bus denke ich an Matthias, den ich auch vergessen hatte in meiner Zeit des Leidens während der 100 Kilometer von Biel. Das heißt vollkommen vergessen war er nicht. Ich weiß noch genau, daß ich zuerst ihm auf die Schulter klopfen wollte für seine Leistung von 82 Kilometern. Noch ein paar Schritte bis zum Hotel, dann kann ich es tun.

Zuerst aber muß die Zimmertüre geöffnet werden. Mit ausholender Geste werfe ich sie schier aus dem Rahmen. Der Mann, der verwundert seinen Kopf aus den Kissen hebt, sieht mein Gesicht mit der Medaillie um die Wette strahlen und ist im Bilde. Er weiß, es ist ein Finisher des großen Laufes, der ihm jetzt auf die Schulter klopft. Aber wie er da liegt, lang ausgestreckt und behaglich. Wie weich müssen diese Kissen sein. Keinen Augenblick länger mag ich ihn darum beneiden. Auch für mich sind weiche Kissen gerichtet. Als ich dazwischensteige und die Beine strecke – ah, die Beine strecke – will Matthias meine Endzeit wissen. Er findet, es sei eine starke Zeit. Über die eigene Leistung äußert er sich realistisch und zufrieden: „Ich glaube, ich habe das Beste für mich herausgeholt. Sollte er trotzdem noch Zweifel gehabt haben an der Richtigkeit seines Ausstiegs, so verfliegen sie bei meiner Erzählung vom Abhang von Arch und dessen Folgen. Noch einmal sei gesagt: Auch ein Verzicht, der vielleicht ein Verzicht zu Gunsten der Gesundheit ist, gehört zur Kategorie der größten Siege, der Siege über sich selbst. „Der Weg ist das Ziel." Für Matthias gilt dieser Satz absolut, denn sein langer Weg von 82 Kilometern hat für ihn auch ohne das große Ziel von 100 Kilometern einen hohen Wert bekommen.

83. Gedanke: Mein Applaus
Nachdem ich eine Weile zu ruhen probierte, stehe ich auf und verlasse das Zimmer. Die Ruhe suchte ich vergeblich, was meinem Naturell und meiner Erschöpfung sehr wiederspricht. Ich bin aufgedreht wie ein Rädchen. Matthias hört mich sagen, daß ich hinunter zum Essen ins Lokal will. Das habe ich zuerst auch wirklich vor. Doch dann marschiere ich wie programmiert hinaus auf die Straße, weiter zur Bushaltestelle und fahre zum Ziel am Eisstadion. Irgendetwas zieht mich magnetisch noch einmal dort hinaus. Noch einmal möchte ich am Ziel stehen, das mir zu so einem großen Symbol geworden war, und jetzt, da alle Anspannung der Freude gewichen ist, in den Gesichtern der anderen Ankömmlingen lesen, wie auch dort die Anspannung zur Freude wird.
Die gerade einlaufen waren über fünf Stunden langsamer als ich. Das bedeutet mir nichts, ich schwöre es, gar, gar nichts. Daß der Sieger über fünf Stunden vor mir ankam, interessiert mich auch nicht sehr. (vor Sonnenaufgang lief er ein und wir lästern darüber, daß er sich den schönsten Eindruck entgehen ließ). Mein Applaus für diese hier ist von ehrlichem Respekt. Ich sehe einen Zweiundsiebzigjährigen einlaufen. Der Sprecher sagt, in den letzten 31 Jahren war dieser Mann 31 Mal am Start und 31 Mal im Ziel. So viel Hüte ich da ziehen will gibt es nicht auf der Welt.

84. Gedanke: Das T –Shirt
Geben wir´s zu. Nicht nur zum Schauen und Beifallklatschen bin ich noch einmal hergekommen. Ich will mir noch dieses T- Shirt kaufen. Vorhin schien es mir zu teuer und ich hatte auch gar nicht genug Geld bei mir. Auf dem Hotelbett fiel mir ein, daß ich es später bereuen könnte, nicht jedes Andenken dieses unvergleichlichen Tages zu besitzen. Außerdem möchte ich es tragen am ersten

Arbeitstag nach dem Urlaub. Da sollen alle die Aufschrift sehen: 100 Kilometer von Biel, Finisher der „Nacht der Nächte". Du liebe Eitelkeit, da bist du wieder. Zuzeiten behaupte ich dich nicht zu kennen. Wer sie mir jetzt verdenken will meine neue Eitelkeit und meinen kindlichen Stolz, der tue es!

85. Gedanke: Der Letzte

Gegen 20 Uhr ist Zielschluß. Da wird der Letztplazierte einlaufen. 22 Stunden war er dann unterwegs auf den 100 Kilometern von Biel. Das bedeutet, er ist wahrscheinlich die ganze Strecke, ohne einen Laufschritt zu tun, in zünftigen Tempo gewandert. Matthias, er ist auch geschätzter Wanderkammerad von mir, hielt es gar nicht für möglich, daß dies einer tut. Ich bin der Meinung, es ist schwerer, als die weite Strecke so weit es eben geht im Laufschritt zu nehmen und erst zu gehen, wenn Laufen nicht mehr möglich ist. Meine eigene Variante halte ich für die rationellste. Als erfahrener Wanderer, der nun auch einen 100 Kilometerlauf absolvierte, maße ich mir da schon ein Urteil an. Deshalb würde ich besonders den Letzten dieses Tages, zu dem auch eine Nacht zählte, durch Beifall meine Achtung bezeugen. Und auch alleine dafür würde ich es tun, daß sie sich 22 Stunden lang geplagt haben. Doch wenn sie ins Ziel kommen werde ich wo anders sein – im Reich der Träume. Es gibt Dinge, die du nicht so ganz in der Hand hast nach solchen Anstrengungen.

86. Gedanke: Die Badewanne

Zurück im Hotel lockt mich die Badewanne. Dem, der sie hier einbauen ließ, möchte ich den Nobelpreis für Architekten verleihen, wenn es so etwas nur gäbe. Nichts kann mir herrlicher sein als jetzt ein warmes Bad. Matthias aber, der mich ächzend und humpelnd im Badezimmer verschwinden sieht, wird sich schwer wundern, wie ich erfolgreich aus der Wanne wieder herausklettern konnte. Ich werde grinsen: „Dafür hätte ich die nächste Medaille verdient." Tatsächlich werden gerade jetzt, wo ich mich sportlich bewießen habe, was in der heutigen Gesellschaft als Symbol von Jugend und Gesundheit gilt, alltägliche Dinge zum Problem, an die man sonst keinen Gedanken verschwendet. Selbst auf der Toilette mußt du die Oberschenkel beugen. Und die sind steif und schmerzen noch immer ganz erbärmlich. Jetzt, eben jetzt nach einem 100 Kilometerlauf, werde ich mich noch besser in Behinderte einfühlen können, denen alle Bewegung täglich solche Schmerzen macht.

87. Gedanke: Schlaf

Gestern Morgen um sieben sind wir aufgewacht. Danach dösten und ruhten wir noch viel. Richtig vorschlafen für die „Nacht der Nächte" konnten wir aber nicht. Diese ist jetzt vorbei, gehört zum Inhalt der 34 Stunden, die wir nicht mehr gescheit geschlafen haben. Müde, müde sollte ich sein und schlafen können wie ein Murmeltier. Doch die Freude hält mich wach. Auf alles habe ich Lust, nur immer noch nicht darauf, zu analysieren, welche Hormone daran Schuld sein könnten.

Matthias scheint es ähnlich zu gehen. Er hat mir viel zu erzählen von seinem großen Abenteuer. Noch füllt sein Bericht den Raum. Er hat eine tiefe, laute Stimme. Zehn Sekunden später aber höre ich von ihm nur noch leise, regelmäßige Atemzüge. Ohne Übergang ist er eingeschlafen. Nichts scheint gerade normal zu sein für uns. Nicht einmal eine Stufe zwischen Aufgedrehtsein und Tiefschlaf gibt es mehr. Es dürfte zwischen 18 und 19 Uhr sein, als ich Matthias ins Reich der Träume folge. Mehr als elf Stunden schlafen wir nun wirklich wie die Murmeltiere. Es ist ein gnädiger Schlaf, in dem wir unsere Schmerzen nicht fühlen. Ein Teil davon wird beim Erwachen schon verflossen sein.

88. Gedanke: Glück

Am Anfang war Stolz mein deutlichstes Gefühl hinter dem Zielstrich. Nun gibt es den Gedanken an andere, die auch die 100 Kilometer von Biel bewältigten. Ältere, weniger Trainierte, auch Behinderte haben es ebenfalls geschafft. Dieser Gedanke wäre geeignet, allen eitlen, vielleicht sogar ins Überhebliche schwankenden Stolz in mir zu heilen. Doch der muß gar nicht geheilt werden. Er ist praktisch im Schlaf schon verflogen. Kindlicher Stolz – der könnte bleiben. An die Stelle der eitlen Version ist ein anderes Gefühl getreten. Ich würde es einfach „Glück" nennen, dieses Gefühl. Kein Amateur- oder Profipsychologe dürfte es mir zerreden. Das größte Glück ist dabei nicht die vollbrachte Leistung selbst, sondern es bezieht sich auf das von mir bewahrte kindliche Gemüt, das die Freude über den Erfolg so tief empfinden kann.

89. Gedanke: Die Leere

Matthias hat mir keinen Neid gezeigt über mein erreichtes Ziel, und ich glaube, er empfindet auch keinen. Doch auch ich bin nicht neidisch auf ihn. Warum ich es sein könnte?
Nun, er hat sie noch, sie werden ihn weiter umtreiben, sein Traum, sein Abenteuer, sein fernes Ziel. Ich habe es mir zerstört durch Erfüllen, durch Wahrheit, durch Erreichen. Dies aber mußte so sein. Das Leben ist möglicherweise kurz, man weiß es nie. Vor der ewigen Bestimmung sind wir alle wie Grashalme im Wind. Mein tiefes im Altenpflegeheim erworbenes Wissen um die Vergänglichkeit hat mir die größten Teile meiner Kraft gegeben. Doch Leben ist immer auch Hoffnung auf weitere Erfüllung. Matthias lebt mit der Hoffnung, einst ebenfalls in Biel durchs Ziel zu laufen. Wahrscheinlich, fast sicher sogar, war es für uns beide gut, wie´s gekommen ist. Ich werde neue Hoffnungen finden. Die Leere dort, wo der Traum war, plagt mich nicht. Die Kreativität wird schon reichen für neue Träume.

90. Gedanke: Das Loch in der Phantasie

Viele berichten von der Leere, die ein erreichtes Ziel hinterläßt. Reinhold Messner schrieb gar von einer Art Loch in der Phantasie, nachdem er auf dem Mount Everest stand, der einst sein Traum und fernes Ziel war. Diese Berichte klingen glaubhaft. Vor dem Loch in der Phantasie hätte man durchaus Angst haben können, denn das Ziel in Biel war für mich Normalsportler ebenso schwer und wichtig zu erreichen, wie für den Extremkletterer der hohe Bergesgipfel. Doch jetzt weiß ich, so schlimm ist das nicht. Mit dem Einlauf im Ziel ist das Thema 100 Kilometer von Biel noch lange nicht erledigt. Das Kribbeln der aufgeregten Freude hat nachgelassen, doch aufgehört hat es nicht in mir. Ich darf über das große Abenteuer nachträumen, nachphantasieren, darf darüber schreiben, darf mit Freunden darüber sprechen, unter denen auch das Vorbild für eine gewisse Melprona sein könnte, und - ganz ehrlich – in manchen Träumen, „richtige" Träume im Schlaf sind diesmal gemeint, darf ich nochmals die 100 Kilometer von Biel laufen. Dort geht es sogar ganz ohne Schmerzen.

91. Gedanke: Das Kind im Manne

Sollte man damit Lästermäuler stopfen müssen: Viele Menschen habe ich schon sterben sehen, konnte gefühlvoll und doch selbst überlebend ertragen, was andere aus Angst vor der Wahrheit allen Lebens verdrängen. Das stellt mich nicht über sie. Es soll keine Angeberei sein. Aber es ist der Grund, warum ich ihnen verbiete, sich über das Kind in meiner Seele lächerlich zu machen. Es hat seinen Wert, nicht nur weil auch seine Phantasie vonnöten ist, um Tode zu verarbeiten.

Wäre Leere in mir nach einem großen Ziel, so würde die schon einen halben Tod bedeuten. Das Kind in mir aber läßt mich die Zielankunft nachspielen, wie ich sie mir einst vorspielte bei so manchem Lauf im heimatlichen Wald. Mancher, der mich zufällig so beglückt sieht dabei, mag mich auch jetzt für verrückt halten. Soll er! Vielleicht bin ich in diesen Augenblicken wirklich etwas verrückt. Das ist kein Schaden, denn jene Augenblicke heißen Leben.

92. Gedanke: Die Fußsohlen

Beim Erwachen sonntags nach dem Bieler Lauf inspiziere ich meine Fußsohlen. Was ich sehe, überrascht mich sehr. Prachtvoll sehen sie aus. Erst nach langem Suchen entdecke ich die Spur einer Wasserblase. Sie versteckt sich zwischen den Zehen und hat nicht einmal den Durchmesser von einem Zentimeter. Daraus resultiert der einzig nüchtern sachliche Tip, den der emotionsgeladene 100 Kilometerläufer in seiner Nachschau geben mag: Pflege deine Sohlen vor und nach dem Lauf mit Ringelblumensalbe. Nichts schützt besser gegen Blasen. Matthias hat das Gleiche getan, mit demselben befriedigenden Ergebnis. Der Sieger des Laufes aber hat sich anscheinend anders schützen wollen. Dies, obschon er seine Sohlen nur knapp sieben Stunden lang strapazieren mußte. Er wechselte unterwegs die Schuhe. Dabei trug er seinen Zeitmeßchip, der in den Schnürsenkel gehört, in der Hand über die Meßschwelle bei Kilometer 38,5. So, behauptet er zumindest, sei es gewesen. Er wurde an dieser Stelle weder elektronisch registriert noch gesehen und geriet unter Betrugsverdacht. Sieh an, sieh an! Wir Amateursportler haben da tatsächlich einmal etwas professioneller gemacht als der Profi.

93. Gedanke: Der geschwollene Spann

Am linken Fuß ist der Spann leicht gerötet und dick. Der Fuß wird angeschwollen sein in den zwölf Stunden des großen Laufes und dann hat der Schuh an dieser Stelle gedrückt. Sie schmerzt kaum und nach zwei Tagen, da ich den Fuß öfters im kühlen Wasser des Bieler Sees gebadet haben werde, wird nichts mehr zu sehen sein von der Schwellung. Nach diesen zwei Tagen wird tatsächlich fast alles wieder so sein, als wäre ich nie 100 Kilometer gelaufen. Selbst beim Hindurchzwängen durch den engen Zelteingang werde ich kaum noch Beinschmerzen spüren. Die Regeneration klappt erstaunlich schnell. Natürlich kann sich darin mein subjektives Empfinden von der Wirklichkeit unterscheiden. Mein großes Erlebnis wird durchaus Verschleiß gefordert haben, wie eben alles im Leben Verschleiß erfordert, weil es der Vergänglichkeit als Grundlage allen Lebens entgegenarbeitet. Ein Blinder, sinnleer verpuffender Rausch, der zu viel vom Leben danach und den Möglichkeiten darin aufgefressen hat, waren die 100 Kilometer von Biel aber nicht. Da bin ich ganz sicher.

94. Gedanke: Grenzen

Marathon, so stellte ich dereinst fest, ist nicht das große Rennen eines Lebens. Was ist nun ein 100 Kilometerlauf in dieser Hinsicht? Noch in der ersten, glücklichen Aufregung des Erfolges könnte man das nicht sagen. Jetzt, wo eine Nacht darüber geschlafen ist, würde ich den körperlichen Symptomen zufolge, so weit sie nicht schon in der kurzen Erinnerung verschwommen sind, folgendes unterscheiden: Der „Motor", soll heißen das Herz- Kreislaufsystem war noch lange nicht an seiner Grenze (die sollte man wohl auch wirklich nicht ausloten), die Muskulatur aber wahr sehr wohl am Ende ihrer Möglichkeiten. Eigentlich war sie es schon einige Kilometer vor dem Ziel, nur mein Wille trug mich über dieses Ende hinaus. Aber mehr als 100 Kilometer Laufen kann ich mir in dieser Hinsicht momentan nicht vorstellen.

Aus dem Gefühl heraus – Emotionen sind mir ein wichtiges Kriterium – würde ich die Frage so entscheiden: 100 Kilometer waren in der Hinsicht nicht das Rennen eines Lebens, weil ein fernes Ziel, mit dem man zu sehr zufrieden ist, ein bedeutsames Stückchen Tod bedeuten kann. Doch in zukünftigen läuferischen Zielen werde ich die 100 Kilometer trotzdem nicht mehr steigern müssen. Wiederholen vielleicht, man wird weiter Marathon und Ultramarathon laufen und durch neue Variationen und Kreativität neue Ziele finden.

95. Gedanke: Der andere Mensch

Die vor mir bei der Ankunft am Startort Biel aufgestellte Behauptung, ein anderer Mensch käme ins Ziel als jener, der am Start gestanden hat, ist wahr geworden. Wir können eindeutig festhalten, warum das so ist. Es ist ganz einfach ein ruhigerer Mensch geworden. Sollte keiner merken, daß er gelassener ist, er selbst merkt es wohl. Natürlich werden Streß, Mißgunst und aller

Ungemach des Alltags weiter an ihm nagen. Unverletzbar ist er nicht geworden. Aber stärker ist er wohl. Ein Ereignis, das erfüllt und durchlebt ist, gibt dir Kraft, weil sie es nicht mehr aus deinem Leben sezieren können. Da steht es unverrückbar und groß. Nicht einmal die Alzheimer Krankheit, so ist zu hoffen, kann es mehr aus deinem Erinnern rauben, weil auch sie Traumwelten kennt. Und der Träumer in mir hat das Ereignis zuerst gesehen.

96. Gedanke: Doping

Nach meinen Jugendträumen, die Karl May mir vorträumte, war die Tour de France lange Inhalt meiner Phantasien. Als alten Tourfan haben mich die allseits bekannten unseeligen Vorfälle während der letzten Austragung 1998 sehr betroffen gemacht. Es ist nicht schön, wenn sie etwas größtenteils als Lügengebäude entlarven, woran du einmal sehr geglaubt hast. Doch unsere moderne Gesellschaft besteht an allen Ecken und Enden größtenteils aus Lügengebäuden. Sie ist gepuscht und gedopt bis über die Ohren. Warum verlangt sie ausgerechnet vom modernen Spitzensport das Gegenteil? Allerdings ist es auch ein Irrtum zu glauben, Freizeitsportler unserer Art kämen alle ohne Drogen aus. Man hat entsprechende Tests gemacht, deren Ergebnis einem die Schuhe ausziehen könnte. Wir wissen kein Patentrezept gegen das Doping. Ein kleines Mittel viele mir aber schon ein dagegen: Ersetze doch dein gebetsmühlenartiges Schneller, Höher, Weiter durch Kreativität. Und an Stelle des „besser als andere" setze ein „auf gleicher Ebene anders als andere". Du brauchst dazu nur deine Phantasie, und aus Phantasie wird Poesie. Wenn du einmal träumend und abenteuernd einem fernen Ziel nachgelaufen bist, wenn du dabei gezweifelt und gelitten, geglaubt und gejubelt hast, bist du schon fast ein Dichter, vielleicht ohne jemals zwei Worte zusammengereimt zu haben. Ein fernes Ziel ist ein Idee. Von nichts anderem als Ideen leben Dichter. Als solcher kannst du möglicherweiße sogar einmal den Mut haben, dich gegen einen sportlichen Zeitgeist zu stellen, der Sätze geprägt hat, die vor Dummheit zum Himmel brüllen. „Der Zweite ist schon der erste Verlierer." Wer das glaubt wird sein Leben wahrhaft kaum Drogenfrei ertragen können. Da wird die Lüge zwanghaft zum Mittel werden, und Drogen sind ein Mittel zu lügen, vorallem sich selbst gegenüber. Wer etwas tut, um für sich selbst einen wahren inneren Wert zu bekommen, der kann sich nicht selbst belügen. Sein sportliches Tun wird Kunst sein wollen.
Ich möchte, daß man mir Freizeitsportler weiterhin seine Drogenfreiheit glaubt, auch ohne sündteures Analysegerät aufzufahren.

97. Gedanke: Meine Zeit

Zwischendurch ist sie schier herausgefallen aus meinen Gedanken über die 100 Kilometer von Biel – meine Zeit. Das liegt an einer schlichten Formel, nach der ich mein Training gestalte: Laufen auf Zeit ist Streß, Laufen gegen andere ist brutaler Streß. Von Streß sind wir alle durch unser Berufsleben überfressen heutzutage, ohne jemals davon kotzen zu können. Laufen auf Distanz aber bringt Entspannung. Somit ist die Zeit hintenangestellt bei allem, was ich über meinen Lauf von Biel zu sagen weiß. Ganz unter den Tisch fallen darf sie aber trotzdem nicht. Drum machen wir noch eine kleine buchhalterische Notiz. 12 Stunden 16 Minuten und 18 Sekunden habe ich für die 100 Kilometer gebraucht. Damit liege ich auf Platz 675 unter 1362 Zielankömmlingen der Männerklasse.

98. Gedanke: Die Heimreise

Mein Gott für den Bieler Lauf, die Anreise und meine Gefühle dazu sind schon 97 Gedanken – nein, die Vokabel „verschwendet" darf hier nicht stehen. 97 Gedanken wurden gebraucht, um das alles zu schildern. Zwei Gedanken sind mir meine imaginären Freunde Berturo und Melprona wert. Drum bleibt mir nur, von meiner Heimreise in einem Gedankenzug zu erzählen.

Sonntag Morgen, während Matthias schon gen Heimat davongedüst war (Samstag nach 10 Uhr war mein Zieleinlauf), schwang ich mich auf mein Fahrrad. „Schwang" klingt wie Ironie in meinen Ohren, denn mich reute, kein Damenfahrrad zu besitzen. Das steife Bein war beim Aufsteigen so schwer über die obere Stange zu heben. Behutsam radelte ich das Ufer Bieler Sees hinab nach seinem wohl schönsten Flecken bei Erlach am südlichen Ende. Bei kleinen Streifzügen über die nahe Petersinsel erholten sich die geschundenen Muskeln. Am Dienstag konnte ich tatsächlich die Heimreise mit dem Fahrrad antreten. So sehr mich landschaftlich dabei das Juragebirge reizte und lockte, da hinaufzufahren hätte auch jetzt wegen der vorangegangenen Anstrengung noch an Selbstkasteiung gegrenzt. Ich beschloß, den topographisch leichtesten Weg zu suchen. Und den findet immer das Wasser. Das Wasser der Aare durchfließt den Bieler See und mündet an der Grenze zu Deutschland in den Rhein. Genau 150 Kilometer fuhr ich am Dienstag auf dem Aaretalradweg zwischen Erlach und Waldshut. Das fiel mir schon wieder erstaunlich leicht. Der Bieler Lauf und mit ihm La Tene und Neuchatel waren somit schon ans Netz aller meiner Wege aus eigener Kraft angeschlossen (siehe unter fernes Ziel). Da nun auch die exklusive Schweiz kein Geld mehr von mir fordern konnte, machte ich wieder kleinere Etappen. Dabei fuhr ich durch Landschaften, die ich über alles liebe: Hochrhein, Hegau, Bodensee und Schwäbische Alb. Zu Etappenzielen machte ich Orte, an denen ich im Frühjahr für die 100 Kilometer von Biel trainiert hatte: Allensbach, Hausen im Tal, Tübingen. Damals war ich mit Zweifeln gekommen. Jetzt brachte ich meine Freude mit. Und die Medaille unter dem Trikot verlieh mir Kraft. Gesund und glücklich kam ich zuhause an. Damit ist das Abenteuer des 100 Kilometerlaufes eingebettet in ein wunderbares Abenteuer des Unterwegsseins, in einen Schwebezustand, wie Wanderer ihn lieben.

Hätte ich aber lernen müssen, daß es noch wichtigere Dinge gibt als Wanderungen und Läufe, dann nicht auf solch üble Weise: Es geschah an einer Ortsausfallstraße von Solothurn, daß ich ein vielleicht eineinhalbjähriges Kind mitten auf der Straße stehen sah, wo es beinahe unter ein Auto geriet. Ich hob es auf, und trug es in ein entferntes Haus, wo ich die leichtsinnigen Eltern fand. Da hatte ich dies kleine, warme Bündel Mensch auf dem Arm und war dem

Schicksal unendlich dankbar, daß es noch leben durfte. Hätte dieser Autofahrer aber nicht so gut reagiert, ich hätte hilflos mitansehen müssen, wie es unter den Kühler gerät. Auf brutalere Art wäre mein Höhenflug nicht zu stoppen gewesen.

99. Gedanke: Berturo

Die Länge eines kleinen Büchleins sollten meine Phantasien über Berturo bekommen. Doch da entschieden alle anders, die meine hundert Gedanken einmal Probe lasen. Der Gedanke über ihn, den ich formte in La Tene vor dem Lauf und danach, längst wieder zuhause, hält nicht das Gleichgewicht zu meinem Eigenerleben. Kurz möchte ich aber noch berichten, wie ich mir Berturos Geschichte gedacht habe:

Berturo war ein schüchterner, junger Bursche, der irgendwo oben im kargen Jura ein einfaches Leben lebte. Vom großen Menschenstrom, der am Fuße seines Gebirges seinerzeit gen Mittag zog hielt er nicht viel. Er glaubte nicht wie die unendliche Masse der Wandernden an leichtes Glück in kaum bekannten fernen Ländern. Doch dann zog der Ruf eines wunderbaren Weibes, welches unten am heutigen Bieler See siedeln sollte, über weite Lande auf allen Seiten der Bahn des Menschenstromes. Selbst der stille, vorsichtige Berturo folgte diesem Ruf, und stieg in der neugierigen Erwartung diese sagenhafte Melprona zu sehen erstmals aus der Höhe ins Tal. Er fand Melprona, und sie wurde beim ersten Blick die Königin seiner Phantasie. Unantastbar und aus sicherer Entfernung wollte er sie bewundern.

Doch Berturo kam etwas unfaßbares zu Ohren. Melprona wurde hier an weiterer Reise gehindert, weil sie vorgesehen war als Opfer, das den Göttern einmal im Lauf der Sonne zelebriert wurde da drunten in der großen Siedlung am weiten See, der heute Lac Neuchatel heißt. Ein einzige Möglichkeit bestand noch, die wunderbare Melprona vor dem Scheiterhaufen zu retten. Eine Bahn von hundert Lichtern sollte ausgesteckt werden, und der sie würde durchlaufen können, hätte die Götter durch sein Leiden und seine Leistung befriedigt und Melpronas Leben bewahrt.

(Wieviel Gewalt und wieviele in der Blüte vernichtete Leben wie jenes Melpronas gab und gibt es in der Geschichte der Menschheit. Ein Hinweiß für die Laufzweifler, mit denen ich doch nicht mehr reden wollte: Wenn ich vor etwas davonlaufen könnte und wollte, dann vor den Gedanken an so etwas.)

Siehe da, der sonst so schüchterne Berturo meldete sich. Und obschon es keiner für möglich hielt – er durchlief die Lichterbahn und rettete Melprona. Was er dabei erlebte und durchlitt, sollte nach all dem nun Gelesenen vorstellbar sein. Gott sei Dank mußte der es schilderte nicht um ein Menschenleben laufen. Melprona vertraute ihrem Läufer aber hoch von nun an. Sie beschloß sich von ihm führen zu lassen in ein vielleicht nie zuvor entdecktes Tal in den fernen, für dem behenden Läufer nicht mehr so bedrohlichen Alpen, wo es keine Opferfeste gab.

In ihrer Urheimat, meiner Phantasie, sind Melprona und Berturo unverwundbar.

100. Gedanke: Melprona

Ein Traumbild, ein einziges nur von denen, die ich gerne über die Nacht und den beginnenden Tag allbestimmend durch meine Sinne hätte wirbeln sehen, muß noch aufgeführt werden als letzter meiner Gedanken. Es ist das Bild der Melprona, wie ich sie beschrieben hätte, wenn mein Gedanke über Berturo die Länge eines ganzen Büchleins bekommen hätte:

... ein Weib tritt aus der Hütte und stimmt einen Gesang an, so sanft, damit nur der Nachthauch des Windes ihn bis zu Berturo trägt. Seltsamer ist dieser Gesang, als er jemals zuvor einen gehört hat. Halb wie eine Trauerweise, halb wie ein Gebet tönt die schlichte Melodie, die trotzdem noch verwandt scheint mit spielendem Kindergesang. Es klingt nicht vollkommen jenes Singen, klarere, reinere Stimmen hat man schon vernommen, aber gerade seine Unvollkommenheit gibt ihm Zauber. Er klingt so stark nach ehrlicher, ganz dem Leben entnommener Liebe. Die Lippen, denen es entschlüpft sind voll und stark, wie alles im Gesicht der Sängerin, das umrahmt ist vom kupferfarbenen, in Höhe der Schulter ringartig gestutzten Haar. Die Augen dieser Frau aber sind eine Besonderheit unter allen Augen dieser Welt. Braun sind sie, leuchtbraun, was noch viele Augen zugleich sind. Jene Augen aber haben Tiefe, gehen auf Grund, wie das klare Wasser eines Gebirgsbaches. Unendlich tiefe Blicke vermögen sie aufzusaugen und festzuhalten. Sie gleichen einer Fessel aus schmerzlosen Feuerringen. Und groß schauen sie drein, weit und träumerisch. Groß ist auch ihre Trägerin. Gebückt nur konnte sie vorher aus dem Eingang der kleinen Hütte treten. Stolz und elegant ist nicht nur ihr Gesicht, ebenso sind es, Schultern, Arme, Brüste, Hüften und Beine. Keines ihrer Glieder ist im einzelnen eine zarte, leicht zu genießende Männerphantasie. Alles wirkt in kräftiger, ihrer Stärke bewußter Weiblichkeit. Das Zusammenspiel der Glieder aber, das ist so harmonisch, so zart, so bescheiden lieb, damit Berturo sogleich erkennt: Dies singende Weib im einfachen, lendengegürteten Gewand und mit ledernem Band über Stirn und Haar ist die Königin seiner Phantasie – Melprona.

Sollte ich nun doch wieder mit dem „warum" fragenden Zweiflern über Melprona sprechen, um zu beweißen, daß die Gedanken von Ultraläufern „normaler" sind, als sie meinen? Pah...

Vielleicht ist sie ein Traumbild, das ganz in meinen Sinnen entstand, vielleicht ist mir ihr Vorbild einmal begegnet. Melprona war mir nur noch eine kleine Hilfe mein Laufen vollkommen zur Kunst zu machen. Berturo lief in meinen Gedanken um sie, mit Erfolg!

Ein Jahr ist vergangen, seit ich die 100 Kilometer von Biel lief. Der Text darüber diente seither vorallem mir selbst dazu, das wunderbare Abenteuer nachzuträumen. Doch so manch anderer schien angetan, dem ich berichtete von meinen Gefühlen unterwegs auf den hundert Kilometern. Vielleicht mag er meine hundert Gedanken nachvollziehen. Ich weiß, so mancher dieser Gedanken steht gegen den Zeitgeist. Doch vielleicht macht sie gerade dies lesenswert.